NOVO MANUEL DE PIADAS DE PORTUGUÊS

PAULO TADEU

NOVO MANUEL DE PIADAS DE PORTUGUÊS

E PIADAS PORTUGUESAS DE BRASILEIROS

MATRIX

Direitos em língua portuguesa para o Brasil:
Matrix Editora - Tel. (11) 3873-2062
atendimento@matrixeditora.com.br
www.matrixeditora.com.br

Capa e projeto gráfico:
Fernanda Guedes

Diagramação:
Renata Senna

Ilustrações:
Fernanda Guedes

Revisão:
Alexandre de Carvalho

Dados Internacionais de Catalogação na Publicação (CIP)
SINDICATO NACIONAL DOS EDITORES DE LIVROS, RJ.

Tadeu, Paulo, 1964-
Novo Manuel de piadas de português : e piadas portuguesas de brasileiros/ Paulo Tadeu. - São Paulo : Matrix, 2009.

1. Anedotas. 2. Humorismo brasileiro. I. Título.

09-5342.
CDD: 869.97
CDU: 821.134.3(81)-7

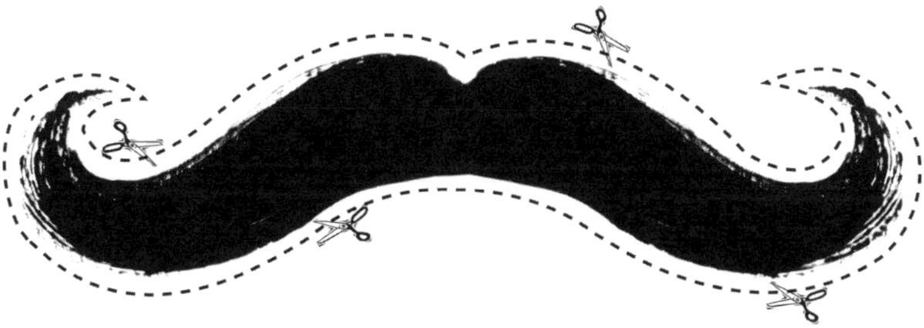

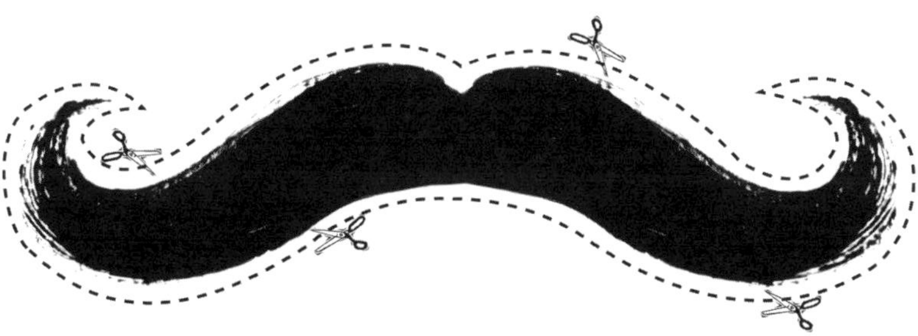

Grátis!

Estes genuínos bigodes em três modelos:
masculino, feminino e infantil

Prefácio

Ó, raios, eu quero intendeire uma coisa: como deixam um gajo iscriveire um livro destes, para falar de piadas de nós, portugueses?

Por acaso, o rapaz não sabe do perigo que corre? Outro dia, por sorte, ixcapou de um atentado. Um terrorista português contratado para ser um homem-bomba e assassiná-lo não pôde continuar o serviço porque teve problemas no test-drive da bomba.

Deixando esses assuntos de lado, tínhamos até pensado em prucessar o tal do autor, mas depois do nosso Serviço Secreto descobrir que é um rapaz direito, filho de português por parte de pai e bisneto de portugueses por parte de mãe, tivemos por bem mudar de ideia.

Ainda por cima, há um atenuante, que são as piadas de brasileiros que se contam em Portugal e que ele andou recolhendo.

De qualquer maneira, fica aqui registrado o meu protesto contra a iniciativa deste livro, se bem que este talvez não seja o local mais indicado, afinal, istou a iscreveire um prefácio. O certo siria eu fazer algum tipo de ilogio.

Mas vou avisando que já iniciamos um trabalho de pixquisa muito sério, que vai, de uma vez por todas, desvendar o mistério: por que os portugueses têm a fama que têm aí no Brasil, para virar motivo de tantas piadas. Isso não é justo.

Enquanto o estudo não fica pronto, leia o livro. Eu mesmo já o fiz e me diverti muitíssimo. Se bem que não tenha entendido muitas das histórias. Não tem importância. Quando tiver tempo, lirei de novo, até tirar todas as dúvidas.

Manuel Joaquim Gabriel de Oliveira Magalhães Gomes de Sá – Ministro Extraordinário para a Erradicação das Piadas de Portugueses no Brasil – é dono de uma padaria em nosso país.

Piadas de Português

A

Aeroporto – I

O americano está no aeroporto, chegando de viagem e aguardando sua bagagem, ao lado da esteira.

Todos os outros passageiros retiram seus pertences e acabam sobrando só ele e mais um outro homem.

Pela esteira chegam cerca de trinta malas, que aquele outro homem vai empilhando uma a uma em carrinhos, com a ajuda dos funcionários do aeroporto.

As duas últimas malas a chegar são as do americano.

Ele as retira e quando está saindo repara que toca o celular do homem com um monte de malas. Para seu espanto, o homem levanta o braço esquerdo e começa a falar ao relógio, exatamente como o telefone do Dick Tracy.

– Estou! Sim, é o Manuel. O que queres?... Mas eu já te disse que não quero que me ligues para falar desse assunto. Estou no aeroporto. Quando eu chegar conversamos a respeito.

O americano fica impressionado com aquela maravilha tecnológica.

Toca novamente o celular-relógio do português.

– Estou! Sim, é o Manuel... Sinal de fax? Esperas um momento.

Manuel toca a lateral do aparelho e uma fita de papel começa a sair.

O americano chega perto dele, para conversar:

– Desculpe, eu não pude deixar de notar, mas é impressionante esse seu relógio-celular com fax.

– Ora, pois, eu também acho.

– Onde foi que o senhor comprou?

– Em meu país.

– Deve ser alguma marca japonesa, eu creio, porque lá nos Estados Unidos não temos nada parecido ainda.

– Não, senhor. Este aparelho é Made in Portugal.

– Que coisa fantástica. Seu povo está de parabéns. É magnífico esse trabalho. E avançadíssimo. Realmente, obra de um gênio. E, a propósito, o senhor não está interessado em vender esse celular?

– Interessado eu não estou. Mas dependendo da oferta, posso pensar no caso.

– Eu estou muito interessado, sabe? Vivo o dia inteiro fazendo negócios e para mim um telefone como esse que até recebe fax ia ser perfeito. Ofereço cinco mil dólares por ele.

– Mas isso é muito pouco. Vale muito mais.

– Então, dez mil dólares. É minha oferta final.

– Por dez mil dólares podemos fechar negócio.

O americano ficou feliz pela compra. Colocou imediatamente o relógio no pulso e já ia se virando para sair, quando ouviu o português.

– Ó, gajo, espera. Tens de ficar com isto também.

E apontou para o monte de malas.

– Mas essa bagagem é sua – disse o americano.

– Não, senhor, agora é sua. E não é bagagem. Isto aqui é a bateria.

Aeroporto – II

O Joaquim encontra o Manuel chorando no aeroporto.

– Mas o que aconteceu, homem, por que estás a chorar?

– É que eu estou indo viajar para a Alemanha.

– E isso é motivo de tristeza?

– Mas é claro. Eu não sei falar nenhuma palavra em alemão. Não sei dizer nem "obrigado".

– Ora, homem, deixes de lágrimas. Eu estive lá há pouco tempo e tenho a receita certinha para você se fazer entender.

– Tens?

– Ora, pois, se tenho. A única coisa que você precisa fazer é falar bem de-va-ga-ri-nho. Vo-cê-fa-la-bem-de-va-ga-ri-nho-e-e-les-vão-en-ten-der-tu-do.

– Ah, mas se é assim é fácil.

E lá se foi o Manuel para Berlim. Pegou as bagagens e chamou um táxi. Entrou e usou a fórmula que o Joaquim havia ensinado:

– Por-fa-vor, me-le-ve-pa-ra-a-Em-bai-xa-da-Por-tu-gue-sa.

O motorista, por coincidência, era português. Não perguntou mais nada, não falou de sua origem. Apenas seguiu seu caminho até o local pedido pelo Manuel.

Em dez minutos, o táxi parou na porta da Embaixada. Manuel ficou maravilhado com a dica de Joaquim. E antes de sair do carro perguntou ao motorista:

– O-se-nhor-en-ten-deu-tu-do-o-que-eu-dis-se?

– Mas é claro. Eu também sou português.

– Não-me-di-ga. És-mes-mo?

– Sou.

– De-on-de?

– Do Porto, ora, pois.

– Mas-en-tão, ho-mem, va-mos-a-pro-vei-tar-e-pa-rar-de-fa-lar-a-le-mão.

Agente secreto – I

Manuel, famoso agente secreto português, é convocado às pressas para uma importante missão. No aeroporto, é apresentado àquele que será seu companheiro no trabalho, um agente inglês, que vai logo se apresentando:

– My name is Bond. James Bond.

– My name is Uel. Manuel.

Agente secreto – II

Manuel é novamente chamado para uma importante e secreta missão. Pega o avião com seu passaporte falso e desembarca em Moscou.

Entra no táxi. O motorista pergunta:

– Para onde o senhor vai?

– Jamais saberás.

Aids

A campanha contra a Aids, em Portugal, promoveu um grande aumento na procura por anões. Cada dia mais eles são disputados.

Tudo por causa do apelo da campanha: “Reduza os parceiros”.

Amizade

Durante mais de vinte anos, um alemão, um italiano e um português dividiram os andaimes das mesmas construções. Sempre amigos, sempre juntos. Principalmente na hora do almoço, cada um abrindo sua marmita, nos altos de algum prédio sendo erguido.

Foi num desses dias que o alemão desabafou:

– Chucrrute. Todo dia chucrrute. Eu não aguenta mais comerr chucrrute. Chega! Se eu abrrir este marrmita e tiverr chucrrute de novo, eu me jogarr aqui de cima do 20º andar.

Abriu. E havia chucrute. Ele não pensou mais. Pulou.

Em seguida, foi a vez do italiano perceber o quanto a sua vida andava a mesma:

– Macarrone. Tutto santo dia, macarrone. Má quê! Non me guento mais comer macarrone. Se io abrire questa maledeta marmita e tiver macarrone, faço que nem o alemão: me jogo daqui.

Ele abriu. E não foi diferente. Um belo espaguete ao sugo. Olhou para baixo e se jogou.

Foi então a vez do portuga. Falando com ele mesmo, resmungou:

– Bacalhau com batata na segunda, na terça, na quarta, todo dia. Como é que pode? Também não aguento mais. Vou abrir a marmita e se tiver bacalhau com batata, pulo na hora.

Aberta a marmita, a situação não foi diferente da dos outros dois. Bacalhau com batata. E se jogou.

O dia seguinte foi uma choradeira geral. As famílias dos três trabalhadores reunidas num velório conjunto. E as três mulheres derramando lágrimas sem entender o motivo daquele suicídio coletivo:

– Eu não compreendo – disse a mulher do alemão. Ele sempre gostou do chucrute que eu preparei. E se não estava gostando, por que não avisou?

– Eu também não sei o que houve – falou a esposa do italiano. Quantas vezes ele chegou em casa à noite, dizendo que a comida estava maravilhosa. E o que custava pedir para eu variar?

– Eu sou outra que não entendo nada – disse a mulher do português. Foi sempre ele que preparou a marmita.

Animal de estimação – I

Quase todo mundo tem um animal de estimação. Com o Manuel não era diferente. A não ser pelo detalhe de ele cuidar de um gambá.

Um dia, ele e a mulher resolvem sair de férias e viajar do Brasil para Portugal. Mas aí havia um problema: o Manuel fazia questão de levar o bichinho. O problema é que não havia como levar o animal dentro do avião. Até que o Manuel teve uma ideia brilhante.

– Já sei, Maria. Ponhas o gambá dentro da calcinha.

– Ficou louco, Manuel? E o cheiro?

– Ah, fiques tranquila. O gambá aguenta.

Animal de estimação – II

Um português que odeia o gato da esposa resolve dar um fim no coitado. Coloca o bichinho dentro de um saco, joga no porta-malas do carro e o abandona a vinte quadras de sua casa. Quando retorna, lá está o gato em frente ao portão. Nervoso, o português repete a operação, e desta vez abandona o bichinho a quarenta quadras de sua casa. Quando retorna, novamente encontra o gato em frente ao portão. Mais nervoso ainda, pega o gato e anda dez quadras para a direita, vinte para a esquerda, trinta para baixo e diz:

– Agora quero ver!

Cinco minutos depois, liga para a esposa:

– Querida, o gato está por aí?

– Ele está chegando, querido, por quê?

– Põe o filho da puta no telefone, que eu estou perdido!

Arco e flecha

Final do Campeonato Mundial de Arco e Flecha. Casa cheia, torcida na maior festa. Entra o primeiro competidor. Um americano. Ele coloca a flecha no arco, se concentra, mira bem e atira. Acerta precisamente no meio da maçã, que está colocada em cima da cabeça de um garoto. Como naquela história do Guilherme Tell.

A torcida aplaude. Ele pede silêncio, aponta o dedo para o peito e diz:

– I am John.

Entra o segundo competidor. Um inglês. Concentra-se e atira. Aplausos. Ele acerta também na maçã,.

O inglês pede silêncio, bate no peito e diz, orgulhoso:

– I am William.

Próximo concorrente. O Manuel. Concentração total. Braço direito estendido para trás, braço esquerdo firme segurando o arco, olho esquerdo fechado, olho direito mirando o alvo. Atira. E acerta. A testa do garoto.

Completamente sem jeito, ele se vira para a torcida e diz:

– I am sorry.

Asa-delta

O casal de portugueses estava no apartamento, no Rio de Janeiro. De repente, a Maria aponta o dedo para fora da janela, assustadíssima:

– Manuel, veja lá.

Era alguém voando de asa delta.

– Faça alguma coisa.

Manuel foi ao quarto e voltou correndo com uma espingarda na mão

Bang.

– E então, Manuel, acertaste o bicho?

– Acertar eu não sei, mas que largou o moço, largou.

Assalto – I

Manuel e Joaquim decidem assaltar uma joalheria, localizada dentro de um edifício.

Às duas da manhã, eles entram na loja. Toca o alarme.

– Ih, Joaquim, demos azar. A polícia já, já vai estar aqui. Pula logo.

– Mas, Manuel, estamos no 13º andar.

– Pula logo, homem. Agora não é hora de ser supersticioso.

Assalto – II

Era o primeiro assalto da dupla Joaquim e Manuel. Depois de muita conversa e planejamento, decidiram entrar numa mansão.

Depois de se certificarem que ninguém estava olhando, Joaquim serviu de apoio para Manuel, para que Manuel pulasse o muro.

Completamente desajeitado, ele saltou e caiu em cima de uma antena parabólica colocada do outro lado, no jardim.

– Tem cachorro? – gritou o Joaquim.

– Tem, sim. E vamos deixar esta casa de lado. A julgar pelo tamanho do prato de comida, não quero nem pensar como deve ser o tamanho do bicho.

Assalto – III

O português caminhava sozinho, à noite, num lugar deserto. De repente, aparece um assaltante a sua frente:

– Pare.

Manuel estende a mão com três dedos esticados.

– Ímpare.

– Você não entendeu. Eu estou te roubando.

– Mas se é para brincar assim, eu é que não jogo mais.

Assalto – IV

Manuel e Joaquim decidem roubar um banco. Depois de tudo planejado, resolvem partir para a ação. Um sucesso. Cada um pega uma mala que estava no cofre, foge um para cada lado e não se encontram por muitos anos. Até o dia em que um vê o outro na rua. Joaquim, rico. Manuel, um trapo.

– Ó, pá, Manuel, não soubeste usar o que havia na mala?

– Mas pois que sim – responde Manuel – Só que a minha mala estava cheia de duplicatas. Estou acabando de pagar a última ainda agora.

Assalto – V

Agora quem foi assaltado foi o Manuel. À noite, entraram em sua padaria e roubaram praticamente todas as mercadorias.

De manhã, um amigo conversa com ele:

– Que prejuízo, hein, Manuel?

– Podia ter sido pior.

– Como assim?

– Eu ia remarcar todos os preços esta noite.

Aula

Primeiro dia de aula no jardim de infância. Quinzinho chega todo animado e conta para o pai dele, Manuel:

– Hoje a professora ensinou pra gente qual é a mão direita!

– Muito bain. Diga lá qual é a mão direita... Ótimo! Agora, mostre-me a mão esquerda.

– Ah, isso ela vai ensinar só amanhã.

Avião – I

O Manuel já havia entrado nervoso no avião. Ele, que nunca pensara em voar porque morria de medo, era obrigado agora a enfrentar um voo de doze horas.

As aeromoças até tentaram tranquilizá-lo, mas nada adiantava.

E lá se foi a decolagem, com o Manuel de olhos fechados e segurando desesperadamente nos braços da poltrona.

Até que lá pela metade da viagem o avião passa pelo meio de uma tempestade. O comandante avisa os passageiros e pede que todos mantenham-se sentados, com os cintos de segurança.

Foi o que faltava para o Manuel entrar em desespero.

Ele levanta apavorado, vai até a porta do avião, tira um vidro do bolso, abre a tampa, joga o líquido na cabeça, abre a porta e se atira.

Após alguns momentos de pânico, a situação volta ao controle e a tripulação entra em contato com o aeroporto mais próximo, informando o que havia acontecido.

Uma equipe de resgate consegue localizar o que sobrou do corpo e, curiosa, a primeira coisa que faz é ver o que era aquele vidrinho que o Manuel havia usado.

E lá estava escrito: "Para queda de cabelo".

Avião – II

Manuel entra no avião para sua primeira viagem. Todo feliz da vida, acomoda-se junto à janela. O avião levanta voo. Depois de observar as hélices se movimentando, ele se vira para o passageiro do lado e comenta:

– Mas como o ser humano pode ser tão imbecil? Um calor desses e esses burros colocam os ventiladores do lado de fora.

Avião – III

Um dia descobriram que um dos mais antigos pilotos daquela companhia aérea era cego. Demissão imediata. Não sem antes uma comissão interna de sindicância dar uma passada na casa dele.

– Mas, ô, Manuel, como você conseguiu ser piloto assim por tanto tempo, sem que ninguém percebesse?

– Mas, ora, veja. A coisa até que não era tão difícil. Primeiro que eu sempre contei com o apoio da minha senhora. Ela sempre me levava até o aeroporto e, como era amiga de todos, me deixava junto ao primeiro degrau da escada do avião. Aí eu sabia que tinha de subir tantos degraus e depois virar à esquerda no final, que lá estava a minha cabine.

– Certo. Mas depois havia os procedimentos de decolagem. Como você fazia?

– Bom, isso também era fácil, ora, pois. Eu deixava tudo com o co-piloto, que é a pessoa que normalmente coloca o avião na cabeceira da pista, pronto para decolar.

– Ok, ok, mas depois que a torre autoriza, aí é com você.

– Certamente. Aí eu fazia o seguinte. Eu segurava no manche e acelerava, acelerava, acelerava, até escutar a voz de pânico do co-piloto: "Ai, meu Deus, esta merda vai bater!" Aí eu puxava aquele negócio com tudo e a aeronave subia.

Avião – IV

O maior fabricante de aviões do mundo havia instalado sua matriz em Portugal. E convidaram as pessoas mais importantes da Terra para o voo inaugural da maior aeronave do planeta.

Todos eles compareceram e se sentaram confortavelmente em seus lugares. Os motores foram ligados. E aí o piloto saiu da cabine, pegou o microfone e se dirigiu aos passageiros:

– Senhoras e senhores, muito bom dia, este é o comandante Manuel que vos fala no voo inaugural do 977 da Aviação Portuguesa. Como os senhores já devem ter reparado, esta é uma aeronave com quatro andares. Este em que os senhores estão é o andar destinado aos passageiros, com três mil assentos. Logo abaixo, fica o compartimento de cargas, transportando neste instante, além das bagagens dos senhores passageiros, mais mil e duzentos automóveis e cinquenta caminhões. No andar de cima, temos as quadras de tênis, campo de golfe, campo de futebol e o jardim de inverno. No andar acima desse, ficam o salão de baile, restaurante, lanchonete, biblioteca e cinema. Tenham todos uma boa viagem. Mas eu duvido que esta merda saia do chão.

Avião – V

A aeromoça Maria, da famosa companhia aérea portuguesa, chega para o passageiro Manuel:

– Vamos servir o jantar.

– E temos opções?

– É claro, ora, pois: sim ou não.

Avião – VI

No meio do voo São Paulo-Lisboa o piloto passa mal e desmaia. A aeromoça pega o microfone e pede desesperadamente aos passageiros que se algum deles puder assumir o comando que se apresente o mais rápido possível na cabine de comando.

Manuel levanta-se correndo, porque já tivera uma pequena experiência na Aeronáutica. Mas os controles são totalmente estranhos para ele. A torre do aeroporto mais próximo tenta orientá-lo:

– Manuel, qual é altura?

– Um metro e setenta e dois.

– Não, Manuel, não. Não é o seu tamanho. Informe a rota. A rota.

– Bleeeeeeerg.

B

Bandidos

Três criminosos são jogados numa cela. Dois deles são americanos. O outro é um português. Um dos americanos levanta a manga da camisa e mostra uma cicatriz imensa no braço direito:

– Kansas City. 1990.

O outro americano puxa a gola da camisa para o lado. No ombro uma grande cicatriz.

– New York City. 1988.

O português também resolve mostrar sua cicatriz. Levanta a camisa e exibe a marca na barriga.

– Apendicite. 1992.

Bebedeira

Joaquim encontra o Manuel totalmente bêbado, com a cabeça caída em cima da mesa:

– Mas, Manuel, tu não torces para a Lusa?

– Sim, torço, por quê?

– Então, o que estás a fazer com essa garrafa de pinga com o escudo do Corinthians?

– Ora, pois, estou tentando parar de beber.

Brincadeiras Infantis

O Manuelzinho e o Joaquim Júnior estão a brincar:

– Ó, pá, estou cansado de correr atrás de ti. Agora corres tu à minha frente.

C

Caçada

No meio da selva africana três caçadores – um português, um alemão e um americano – disputam quem consegue matar mais animais.

Ao final do primeiro dia, os três se encontram e mostram o resultado de suas caças. O alemão começa:

– Eu matei quatro elefantes, dois leões e vinte zebras.

O americano dá risada e fala do que conseguiu.

– Isso não é nada. Eu matei oito elefantes, cinco rinocerontes, dez macacos, vinte leões e cinco girafas.

Chega a vez do Manuel.

– Comparada com a de vocês, a minha foi muito melhor. Afinal de contas eu matei vinte elefantes, dez leões, vinte rinocerontes, quinze hipopótamos, trinta macacos e oitenta eunões.

Os outros dois caçadores se olham e perguntam ao Manuel:

– Eunões? O que são eunões?

– Estás a ver aquela coisa a correr ali entre as árvores?

Os dois vêem ao longe algo se mover atrás dos arbustos.

– Sim.

Manuel pega sua arma e aponta. Nesse instante salta de trás das árvores um nativo apavorado:

– Eu não, eu não.

Bang.

Campo de Concentração

Segunda Guerra Mundial. Os portugueses também resolvem construir um campo de concentração. E um dia acabam condenando um homem à morte na câmara de gás. O condenado é levado a um quarto completamente ventilado, com portas e janelas abertas.

– Vocês têm certeza de que é aqui que eu vou morrer?

– Cale a boca e fique de pé em cima desse xis marcado no chão.

O condenado obedece. Manuel, o carrasco, corta uma corda. O condenado morre com um enorme botijão de gás que cai em cima de sua cabeça.

Carnaval

Para quem não conhece, a sede da Lusa fica na Marginal Tietê, em São Paulo, a poucos quilômetros de outro grande clube, o Corinthians. Um local onde passam milhares de carros todos os dias. Lugar ideal para se colocar uma faixa, falando das vantagens da Festa de Carnaval que o clube iria promover. E para mostrar também que ia ser um evento muito mais moderno do que os outros, a faixa ficou assim: "O Carnaval na Lusa é mais pra frente". Acabou indo todo mundo para a festa do Timão.

Carona

Numa noite escura de temporal, estava um rapaz de nome Manuel na beira de uma estrada secundária mal-iluminada pedindo carona. Nenhum carro passava, e a tempestade estava tão furiosa que ele não conseguia ver dois palmos à frente do nariz.

Subitamente, Manuel vê um carro aproximar-se dele e parar. Radiante, o rapaz salta de imediato para dentro do carro, fechando a porta atrás de si. Então, aterrorizado, depara-se com o fato de não haver ninguém no assento do condutor!

O carro reinicia a marcha, lentamente, e Manuel olha para a estrada e vê que uma curva se aproxima, estando o carro a dirigir-se para ela perigosamente. Desesperado e ainda mal refeito do choque de se encontrar num carro-fantasma, Manuel começa a rezar fervorosamente para que a sua vida seja poupada.

E é nesse instante, quando a curva se encontra a apenas uns escassos metros do carro, que uma mão surge da janela do carro e move o volante.

O rapaz, paralisado de medo, continua a observar as constantes aparições da mão, antes de cada curva do caminho. Até que, reunindo as escassas forças que ainda possuía, ele salta do carro em andamento lento e corre para a cidade mais próxima.

Cansado, encharcado e em estado de choque, entra num café, onde emborca de imediato dois copos de cachaça, relatando debilmente o que lhe havia acontecido, perante o olhar estarrecido dos outros clientes.

Meia hora mais tarde, dois homens entram no mesmo café, absolutamente encharcados, exclamando então um para o outro:

– Olha lá! Aquele portuga não é o retardado que entrou no nosso carro quando o estávamos empurrando?

Carta

Da mãe portuguesa ao seu amado filho.

"Querido filho:

Escrevo-te estas linhas para que saibas que a mãe está viva.

Como sei que não consegues ler rápido, vou me pôr a escrever bem devagar.

Estás bem? Faz tempo que não sei o que anda acontecendo contigo. Caso estejas sem tempo de escrever à mãe, manda uma carta dizendo que quando estiveres mais tranquilo vais mandar notícias.

Se tu viesses hoje aqui em casa não irias reconhecer mais nada, porque mudamos.

Temos agora uma máquina de lavar roupa. Mas não trabalha muito bem. Na semana passada pus lá quatorze camisas, puxei a corrente e nunca mais as vi.

Tua irmã, Maria, está grávida. Mas ainda não sabemos se vai ser menino ou menina. Portanto, não podemos te dizer se vais ser tio ou tia.

Teu pai arranjou um bom emprego. Tem 2.300 homens abaixo dele. É o responsável pelo corte da grama no cemitério.

Quem anda sumido é teu tio Venâncio, que morreu ano passado, e teu primo Jacinto, que sempre acreditou ser mais rápido que um touro. Bem que se viu que não era.

Lembras do Tio Joaquim? Então, afogou-se mês passado num depósito de vinho. Oito compadres dele tentaram salvá-lo, mas o Tio lutou bravamente contra eles. O corpo foi cremado há duas semanas. Levaram oito dias para apagar o incêndio.

Estou muito preocupada com nosso cachorro. Ele não para de perseguir os carros parados.

Os engarradores de refrigerante aqui finalmente tiveram a grande ideia de colocar um indicação na tampinha, dizendo "Abra por aqui". Facilitou-nos muito a vida. Espero que os daí façam a mesma coisa. Caso esteja difícil para ti, a mãe te manda algumas garrafas.

Teu irmão, Joaquim, continua o mesmo de sempre. Semana passada fechou o carro com as chaves dentro. Perdeu um tempão indo até à casa pegar a cópia da chave, para poder tirar-nos todos de dentro do automóvel. Estava um calor de rachar.

Por falar em calor, o tempo aqui está muito estranho. Esta semana só choveu duas vezes. Na primeira vez choveu durante três dias. Na segunda, choveu durante quatro dias.

A política neste país continua a mesma de sempre. Estes dias teve a eleição para presidente do Sindicato dos Metalúrgicos. Ganhou o Manuel Inácio da Silva, o Mula.

Esta carta te mando através de Gabriel, que vai amanhã para aí. A propósito, será que podes pegá-lo no aeroporto?

Lembrei-me de uma coisa importante: terás um problema para falar com a mãe, caso decida escrever-me. Não sei o endereço desta casa nova. A última família que morou aqui, antes de nós, também era portuguesa e levou a placa da rua e o número da casa para não precisar mudar de endereço.

Se encontrares a Tereza, dê um alô de minha parte. Caso não a encontres, não precisas dizer nada.

Adeus.

Tua mãe que te ama.

P.S.: ia te mandar 200 escudos, mas fica para outra vez. Já fechei o envelope."

Casamento

O Manuel nunca tinha visto mulher na vida. E lá se foi para o casamento, virgem.

Na cama, a Maria levanta os braços e aparecem aquelas duas axilas cabeludas. Manuel grita:

– Ai, meu Deus, mais duas?

Chaveiro – I

Manuel anda pela rua e vê a placa de uma loja: "Chaveiro. Trocam-se segredos".

Ele entra. Vai até o rapaz atrás do balcão, olha para os lados para se certificar que não tem mais ninguém ali e sussurra para ele:

– Eu sou gay. E você?

Chaveiro – II

O Manuel chega no chaveiro:

– Estou com um problema. Tranquei o carro com as chaves dentro.

– Só um minuto que eu já vou com o senhor.

– Mas não demore, por favor. Parece que vai chover e o meu carro nao possui capota.

Cinema

O grande vencedor do Oscar estreia nos cinemas. Manuel, fanático por filmes, é o primeiro a chegar para comprar o ingresso.

Todo animado, ele pega o bilhete e se dirige à catraca.

Alguns segundos depois, a moça da bilheteria ouve aquele sotaque inconfundível pedir outro bilhete. Deve ser para a namorada, pensa ela.

Mais alguns segundos, lá está Manuel de volta para a fila, comprando outro ingresso. E assim sucessivamente, por uns vinte minutos.

Curiosa para saber o que está acontecendo, ela pergunta:

– Desculpe a curiosidade, mas por que o senhor compra tantos ingressos?

– Acontece que há um louco ali ao lado da catraca que toda vez que entrego o raio do bilhete, rasga antes de eu entrar.

Competição – I

Os profissionais de uma equipe de demolição trabalhavam havia alguns dias para derrubar o que um dia já tinha sido uma grande fábrica. Depois da queda de uma parede, repararam que havia um esqueleto.

Chegaram perto. No pescoço, uma medalha coberta pelo pó. Um, mais curioso, tirou a poeira e pôde ler:

MANUEL JOAQUIM DE OLIVEIRA. CAMPEÃO MUNDIAL DE ESCONDE-ESCONDE. 1910.

Competição – II

Pela primeira vez era organizada a Olimpíada de Matemática. Concorrendo, gênios de diversas partes do mundo.

O estádio de Lisboa tinha a honra de receber os pretendentes ao primeiro lugar. O povo português compareceu em massa. Nenhum ingresso sobrando. Bandeiras agitadas, faixas de apoio, gritos de incentivo. Ainda mais porque na final lá estava ele, Manuel, disputando com um japonês e um russo.

Microfone na mão, o locutor anunciou a primeira questão:

– Pergunta para o candidato russo: quanto é (3.257.458 x 4567) – 852357 + 198.757.530.879?

O russo olhou fixamente para os olhos do apresentador e disparou, fulminante:

– 213.633.489.208.

– Absolutamente certo.

A torcida portuguesa irrompeu numa sonora vaia. Apenas uma meia dúzia de torcedores russos presentes ao estádio levantou suas bandeiras e gritou

– Pergunta para o competidor do Japão. Quanto dá a raiz quadrada de 3.351.946.816 mais 998.985.532, dividida por 32.187, multiplicada por 2?

Seca e instantaneamente, o japonês respondeu:

– 62.077,44915649.

– Correto.

Outro tanto de japoneses num canto qualquer da arquibancada levantou-se e ensaiou um "orê, orá, os japoneses tão botando pra quebrá", mas nada que pudesse competir com mais uma sonora vaia da torcida lusitana.

E aí veio o grande momento:

– Pergunta para o candidato português. Quanto dá a soma de 765.987 com 765.763, multiplicada por 32.590?

Uma pequena gota rolou da testa do pensador de Portugal. Dez segundos depois ele falava:

– 37.250.000.

Resposta... e...rrada!

A torcida logo se manifestou, num coro emocionante:

– Mais uma chance, mais uma chance, mais uma chance!

A pressão foi tamanha que o júri foi obrigado a reconsiderar. Afinal, o português jogava em casa e não seria bom desagradar tão imensa torcida, que havia ajudado a fazer o sucesso da Olimpíada. Os organizadores se pronunciaram:

– Excepcionalmente, vamos abrir uma exceção ao competidor de Portugal.

– Muito bem! Muito bem! – a torcida foi uma festa só.

– Sr. competidor de Portugal, quanto é 2 mais 2?

O silêncio foi total. Todos de dedos cruzados, torcendo pelo patrício. Após dois minutos de muita concentração, ele abriu a boca:

– Quatro.

A torcida explodiu nas arquibancadas:

– Mais uma chance, mais uma chance, mais uma chance!

Compras

O Manuel entra na loja que vende “Qualquer artigo por R$ 1,99”. A vendedora, muito atenciosa, chega perto dele:

– Posso ajudar? O senhor quer algo em especial?

– Não, obrigado. Só estou a dar uma olhadinha nos preços.

Concerto

Era dia do grande concerto no Teatro Municipal, com a Orquestra Sinfônica interpretando Beethoven. Manuel chega atrasado. Na porta do teatro o porteiro avisa:

– Entra rápido porque a Nona Sinfonia já começou.

– Mas eu só me atrasei três minutos e já perdi oito?

Conserto

A mulher vai saindo de casa, logo cedo, para trabalhar, quando o técnico Manuel a encontra na porta.

– Ah, que bom que a encontrei aqui. Vim consertar a sua campainha.

– Mas eu estava esperando o senhor ontem.

– Eu sei. Estive aqui e toquei a campainha. Como ninguém respondeu, fui embora.

Consultório

Manuel decide ir ao urologista fazer um exame de próstata. O médico segue o procedimento normal nessas ocasiões, pede que o paciente abaixe as calças, fique de quatro na mesa, e coloca o dedo lá naquela região. Quando tira, Manuel pede:

– O senhor agora pode colocar o dedo da outra mão?

– Mas para que o senhor quer isso?

– É que sempre que eu vou a médicos gosto de escutar uma segunda opinião.

Controle de natalidade

Representantes de vários países reúnem-se para um debate importante: o controle da natalidade.

Um deles começa a mostrar números impressionantes: no mundo, uma mulher dá à luz uma criança a cada 30 segundos.

Os números provocam uma onda de cochichos. E Manuel, representando Portugal, se levanta:

– Pois então temos de encontrar essa mulher e fazer com que se decida não dar mais à luz. Senão, onde iremos parar?

Crime

Um crime era manchete nos jornais. Um homem matara a sogra e a enterrara no chão da sala. E só agora, 25 anos depois, o assassinato havia sido descoberto.

Manuel lia atentamente a notícia. Revoltado que estava com sua sogra, pensamentos hediondos passavam por sua cabeça:

– Eu também podia matar a desgraçada da minha sogra. Aí é só enterrá-la na sala. Até descobrirem, daqui a vinte e cinco anos, já estarei morto, posto que estou passando dos cinqüenta.

Do pensamento para a ação foram apenas alguns dias.

A armadilha estava preparada. Chamou a sogra para um jantar. Foi só a velha entrar na sala... Pimba! Uma pancada na cabeça. Mais alguns minutos, o corpo estava enterrado na sala.

Meia hora depois, toca a campainha. Era a polícia:

– O senhor está preso por assassinar a sua sogra.

– Mas, mas....

– Nada de mas. Mão na cabeça e entra no carro.

Triste e cabisbaixo, Manuel vai no camburão e no caminho resolve se abrir com os policiais:

– Eu li nos jornais que um homem fez a mesma coisa e demorou 25 anos para ser descoberto. Como é que vocês me descobriram tão rápido?

– A diferença é que ele não morava no décimo andar de um edifício.

Curiosidade – I

Numa viagem a Nova York, Manuel para em frente a uma máquina com um letreiro luminoso gigante: "It does it better than your wife".

Morto de curiosidade, fica lá observando, esperando que chegue alguém para utilizá-la. Até que sua espera dá resultado. Aparece um homem, põe uma moeda, abre a braguilha e encosta o quadril junto a um buraco na parte de baixo do equipamento. Ouvem-se uns ruídos estranhos e depois de alguns instantes o sujeito vai embora com o maior sorriso de satisfação.

– Arrá, então é para isso que serve essa engenhoca. Muito bem, muito bem, vamos lá experimentar essa maravilha.

Manuel repete os gestos do homem e encosta o quadril no buraco. Poucos segundos depois começa a gritar no maior desespero. Em seguida cai desmaiado. Na ponta do bimbo, três botões pregados, no capricho.

Curiosidade – II

– Diga-me, Manuel, sua mulher faz sexo com você por amor ou por interesse?

– Olha, Joaquim, acho que é por amor...

– Como é que você sabe?

– Porque ela não demonstra nenhum interesse!

D

Doença

O Manuel sofria de um mal muito estranho. Toda vez que tomava um cafezinho sentia uma forte dor no olho. Mas um dia um amigo conseguiu descobrir a causa do sofrimento:

– Ó, Manuel, por que não tiras a colherzinha da xícara antes de tomar o café?

E

Economia

Manuel chega cansado e transpirando, depois de um dia de trabalho:

– Vejas, Maria, decidi hoje abrir uma caderneta de poupança. E já arranjei as primeiras economias: R$ 1,00. Vim do trabalho até aqui, correndo atrás do ônibus.

– Sejas mais inteligente, ó, Manuel. Amanhã venhas correndo atrás de um táxi e assim vais poupar pelo menos uns R$ 20,00.

Elevador

Manuel entra no prédio e vai para o elevador. A ascensorista pergunta:

– Em que andar o senhor vai, por favor?

– Qualquer um. Já entrei no prédio errado mesmo.

Empregada

O Manuel liga desesperado para casa. Atendem.

– Alô?

– Quem está a falar?

– A Maria.

– Maria minha mulher ou Maria minha empregada?

– A Maria sua empregada, seu Manuel. O que o senhor quer?

– Ô, Maria, veja se tu podes me ajudar. Acontece que estou aqui no aeroporto prestes a embarcar e não sei se deixei no táxi ou aí no criado-mudo uma pasta de documentos. Por favor, vá até o quarto, veja se a pasta está lá e volte cá no telefone.

Depois de um minuto, retorna a Maria:

– Seu Manuel, não dá para entrar lá porque a Dona Maria tá pelada.

– M... mas, mas, ô, Maria, deixe de vergonha. Tu estás há tanto tempo com a gente. E, além do mais, preciso saber se essa pasta ficou aí. É urgente. Entre no quarto assim mesmo e volte cá no telefone.

Mais um minuto e a Maria está de volta.

– Olha, seu Manuel, não deu para entrar no quarto porque a Dona Maria está acompanhada.

– Como assim? Está acompanhada? Mas que filha de uma puta, vagabunda. Nem bem saí de casa e essa mulher já está a aprontar! E quem é o sem-vergonha que está com ela?

– Não deu para ver porque o quarto está às escuras.

– Ah, mas que vaca. Ô, Maria, tu vais me fazer um grande favor. Tu sabes que dentro da gaveta da cômoda, no quarto, eu guardo lá um revólver. Tu entras de qualquer jeito no quarto, vá até a cômoda, pegue o revólver, dê um tiro em cada um desses sem-vergonhas e acabe com a vida deles. Depois, tu voltas cá no telefone para me contar.

Cinco minutos mais tarde, a Maria está de volta:

– Seu Manuel, eu fiz o que o senhor mandou. A Dona Maria eu consegui acertar logo no primeiro tiro. Mas o homem saiu correndo, eu fui atirando, atirando, atirando. Só fui acertar ele perto da piscina.

– Piscina? Mas que piscina? De onde estão falando?

Encontros amorosos

– E aí, Manuel, como foi o seu encontro com aquela morenaça?

– Maravilhoso. Fomos ao cinema, jantamos num restaurante muito fino e depois ficamos dando uma voltas de carro até que encontrei um lugar bonito e escuro para estacionar. Aí pedi-lhe um beijo.

– E então?

– Ela queria um pouco mais de privacidade e pediu-me para baixar o teto do carro. Passei uma hora a tentar...

– Uma hora? Eu baixo a capota no máximo em trinta segundos...

– É, mas tu tens um conversível.

Escola

Manuel Jr. chega triste da escola.

– Pai, a professora me deu zero na redação porque eu não coloquei nenhuma vírgula.

– Mas deixa de tristeza, meu querido. Toma cá uns trocados e vai até a papelaria comprar logo uns dois pacotes.

Escolha

Dois portugueses pedalavam suas bicicletas pelo campo. Um deles pergunta:

– Onde conseguiste essa tua magnífica bicicleta?

O outro responde:

– Estava eu a pé, caminhando ontem por aí, quando surgiu uma deliciosa rapariga. Ela atirou a bicicleta ao solo, despiu toda a roupa e disse-me: "Pegue o que quiser".

O outro:

– Ó pá, escolheste bem. Provavelmente a roupa não te serviria.

Escorregão

Manuel anda pela rua e vê uma casca de banana no chão:

– Ó, raios, lá vou eu cair de novo.

Esposa

Um inglês encontra um português e apresenta sua mulher:

– My wife.

O português responde e apresenta a sua:

– Mai-ria.

Estrada – I

Manuel e Maria estão saindo para o sítio, num final de semana. Manuel dirige tranquilo, quando, de repente, ouve um barulho e sente o carro pendendo para o lado.

– Ó, Maria, faz-me um favor. Desce do carro e vê se tem algum pneu vazio.

Maria prontamente obedece.

– Manuel, tiveste sorte. Só um pneu furado. Mesmo assim, só está vazio na parte de baixo. A de cima continua boa.

Estrada – II

Fim de semana. Manuel resolve descer para aproveitar o sol no litoral. Pega a estrada. E liga o rádio, onde está tocando uma música agradável.

De repente, a programação é interrompida para uma notícia de última hora:

– Atenção, atenção. Muito cuidado, motoristas que estão na estrada neste instante. Há um maluco dirigindo na contramão.

Manuel fica possesso. E não resiste a fazer uma observação:

– Maluco? Mas como é que podem dizer que existe um maluco dirigindo na contramão? Será que não veem que são centenas deles?

Estrada – III

Num carro estão o Manuel, a mulher e a sogra quase surda. De repente, ele olha pelo espelho e percebe um carro da polícia logo atrás do dele. Manuel capricha ainda mais na direção, fica de olho no limite de velocidade, mas depois de alguns minutos o carro da polícia emparelha e o policial pede que ele pare.

Manuel não consegue esconder o nervosismo:

– Desculpe, senhor guarda. Qual foi o meu erro?

– Não houve erro nenhum. Muito pelo contrário. O senhor estava dirigindo muito bem. Por isso é que o viemos seguindo. O senhor acaba de ganhar o prêmio de melhor motorista da semana. Aqui está: são cinco mil reais. Parabéns. Já tem alguma ideia do que o senhor vai fazer com o dinheiro?

– Bem, com cinco mil reais já dá para comprar uma carta, não?

Entra a Maria na conversa:

– Senhor guarda, não lhe dê ouvidos. Esse meu marido está bêbado.

Aí é a vez da sogra:

– Eu não vos disse que andar a conduzir carros roubados ainda ia nos trazer problemas?

Estrada – IV

Manuel vem dirigindo pela estrada. Mas ao passar num posto da Polícia Rodoviária um guarda pede que ele pare e lhe pede a carta.

– Carta? Que carta? Eu fiquei de lhe escrever?

Exame

Um português vê o outro empurrando um barril na rua e pergunta:

– Ó, Manuel, aonde vais?

– Ao médico.

– E para que carregas o barril?

– E que a cada seis meses o doutor pediu que levasse uma amostra da urina.

Exército – I

Manuel estava apreensivo. Era época de se apresentar ao Exército. Mas ele não queria servir, em hipótese alguma. Era preciso fazer alguma coisa. E rápido. Perder um ano de sua vida num quartel não fazia parte de seu projeto de vida. Ele queria trabalhar, ter seu tempo livre para outras coisas.

Aí surgiu a ideia: arrancou os dentes. Todos. E lá foi confiante se apresentar para o exame.

Realmente conseguiu sair livre. Como constou no certificado: dispensado por ter pé chato.

Exército – II

Quartel de uma unidade do Exército Português. Tarde da noite. Um jipe se aproxima.

Manuel é o sentinela. Fica aflito. Pega uma arma, aponta para o carro e pergunta:

– Sabes a senha?

– Sei – responde o motorista.

– Ah, então está bem, podes entrar.

Exército – III

Front de guerra. Manuel é o sentinela, na base montada pelos portugueses. Atento, ele observa um monte de soldados vindo em sua direção. Imediatamente avisa o sargento, que pergunta:

– São amigos ou inimigos?

– São amigos, sargento, estão vindo todos juntos.

Experiências sexuais

Manuel chega a sua casa e avisa a Maria para fazer o jantar mais cedo, tomar banho, se perfumar e esperá-lo na cama porque ele tinha visto uma coisa num filme erótico que valia a pena experimentarem.

No quarto, a Maria toda curiosa pergunta que cena era aquela que ele tinha visto no filme.

Já se colocando em ação, Manuel vai arrastando o guarda-roupa para perto da cama e explicando que era necessário subir na cômoda, de lá para cima do guarda-roupa, preparar-se e pular na cama, para uma noite daquelas.

Maria ajeita o cabelo, morde os lábios sensualmente e fica deitada esperando pelos momentos de prazer.

Manuel está lá em cima do armário, sem roupas. Ele fecha um olho, mira o ventre de Maria e se joga. A beirada da cama resolve aparecer no meio do caminho:

– Ai, ai, ui, ai, ai!

A Maria, sem entender o que se passa, começa a dar bronca.

– Ei, Manuel, mas que raio de trepada é essa em que só tu gozas?

F

Farmácia

Muitos anos atrás, quando camisinha ainda não era um assunto tão comum como é atualmente, e todos eram cheios de pudores, o Manuel entra apressado na farmácia, lotado de senhoras e senhoritas:

– Por favor, senhor farmacêutico, dá-me um pacote de camisas de vênus.

O farmacêtico fica todo envergonhado, chega perto do Manuel e lhe dá uma bronca:

– Manuel, toma cuidado com a língua!

– Ah, claro, então me dê dois pacotes, por favor.

Festa

O amigo chega para o Manuel e faz o convite para uma festa de debutantes:

– Ó, Manuel, vamos a uma festinha de quinze anos?

– Vamos sim, mas eu vou sair antes, porque só posso ficar no máximo umas três semanas.

Flatulência

Logo depois que um casal entra no elevador e a porta se fecha, Manuel solta um estrondoso e fedorento peido.

O marido reclama na mesma hora:

– O senhor nao tem vergonha? Fazer isso na frente de minha mulher?

– Oh, desculpe! Eu nao sabia que era a vez dela.

Foguetes

A NASA mandou uma missão tripulada a Marte. Milhões de dólares investidos. Lá dentro, dois macaquinhos e o Manuel. A NASA entra em contato:

– Chita, Chita, informe posição da nave e tempo de missão.

Tec, tec, tec, tec, tec. Era a Chita nas teclas do computador.

– Muito bem, Chita. Gimba, Gimba, informe volume de combustível e tempo previsto para chegada.

Tec, tec, tec, tec, tec, tec, tec.

– Perfeito, Gimba. Excelente. Manuel, Manuel...

– Já sei, já sei, alimentar bem os bichinhos e não mexer em nada.

Fome

Manuel entra morto de fome na lanchonete:

– Ó, Sousa, desliga a chapa por favor e me prepara um misto-frio.

Fósforos

Manuel vem para o Brasil e fica fascinado quando lhe mostram uma caixa de fósforos. Compra uma e manda de presente para a Maria, em Portugal, junto com uma carta explicando minuciosamente como usar. Dias depois, recebe um telegrama de Maria, dizendo que os fósforos não funcionavam. Manuel termina de ler a carta e comenta:

– Mas como não funcionam? Eu mesmo testei um por um.

Futebol

Manuel e Maria vão à final do Campeonato Brasileiro. Maria se arruma daqui, se arruma de lá e o resultado é que eles chegam superatrasados, com o jogo já aos vinte minutos da segunda etapa. Manuel pergunta a um dos torcedores:

– Quanto está o jogo?

– Zero a zero.

Maria entra na conversa:

– Vês? Chegamos a tempo.

Fuzilamento

Um inglês, um russo e um português são presos, acusados de espionagem. O julgamento é rápido e a pena é a pior possível: fuzilamento.

Os três são postos junto ao paredão, olhos vendados. Os soldados preparam-se para atirar no primeiro, o inglês, seguindo as ordens do sargento:

– Pelotão... preparar... apontar...

Mas o inglês tem um plano para escapar. Ele interrompe a seqüência de ordens, aos gritos:

– Terremoto! Terremoto!

Todos se jogam ao chão ou saem correndo, com medo de morrer. É o tempo suficiente para o inglês pular o muro e fugir.

Os soldados voltam, se organizam novamente e apontam para o próximo, o russo.

– Pelotão... preparar... apontar...

O russo também segue a mesma tática. Interrompe, berrando:

– Maremoto! Maremoto!

Os soldados em pânico saem correndo. O russo aproveita a confusão para fugir.

Refeitos do susto, o pelotão volta para aplicar a pena ao último condenado.

– Preparar... apontar..

Manuel pensa rápido numa catástrofe para também escapar. E grita:

– Fogo! Fogo!

H

Helicóptero

Numa visita de negócios a Portugal, um importante executivo brasileiro vai até o heliporto. E se surpreende com uma cena muito estranha: cerca de 200 pessoas jogando um helicóptero para cima, repetidas vezes.

Ele se vira para um dos pilotos e pergunta o que estava acontecendo.

– Simples – responde o piloto. – Estamos tentando fazer o helicóptero pegar no tranco.

I

Incêndio – I

O edifício queimou a madrugada inteira. Pela manhã, os bombeiros conseguiram dominar o fogo. Em virtude do horário do acidente, não deveria haver ninguém ferido, mas após entrar no estacionamento, depararam-se com o corpo carbonizado do Manuel, a única vítima. De estranho, apenas a forma como ele morrera. Seu corpo fora encontrado como se ele tivesse plantado bananeira e com o dedo apontando para um dos cantos do estacionamento. Mais estranho ainda foi o fato de ele ter morrido ao lado de um extintor de incêndio.

Até que alguém por acaso leu as instruções escritas no extintor: "Em caso de incêndio, vire de cabeça para baixo e aponte para o fogo".

Incêndio – II

Um gigantesco edifício residencial. Começa um grande incêndio. Curiosos, curiosos e mais curiosos. Bombeiros, correria, gritaria.

O fogo atinge os últimos andares, justamente onde a escada Magirus não consegue alcançar.

E da multidão parte um grito de mãe:

– Meu bebê! Salvem o meu bebê!

Atônitos, todos olham na direção da última janela. Um criancinha de uns dois anos chora em meio à fumaça.

Ninguém sabe o que fazer. O desespero é geral. Até que no meio das conversas surge uma idéia:

– O Manuel. Chamem o Manuel.

Manuel, goleiro português contratado a peso de ouro, havia se tornado unanimidade nacional, graças a suas defesas fabulosas, num dos principais times brasileiros.

– Chamem o Manuel. Ele pega tudo. A gente pede pra criança se jogar e o Manuel segura ela aqui embaixo.

Não perderam mais nenhum minuto. Em pouco tempo, Manuel chegava trazido em meio a muitas sirenes.

Na calçada ele se posiciona, olhos atentos na movimentação da criança.

– Pula, pula – gritam todos.

E ela pula.

Manuel flexiona levemente os joelhos e se jogapara a direita, esticando os braços. Uma defesa segura, mais uma vez. A criança estava salva.

O povo todo irrompe em aplausos, gritos, e seu nome ecoa:

– Manuel, Manuel, Manuel!

Aquele clima de estádio mexe com os brios do valente goleiro. E ele não pestaneja. Quica o bebê duas vezes e o manda para o meio de campo.

Invenções – I

Consta que foi um português o inventor do limpador de para-brisa, tão importante para a nossa segurança.

Os americanos é que o aperfeiçoaram, colocando-o do lado de fora do carro.

Invenções – II

A lata de sardinha também foi idealizada por um inventor, nascido ao que parece perto da cidade do Porto.

Só não se tornou sucesso imediato porque era eram muito poucas as sardinhas dispostas a entrar na lata, que o Manuel jogava ao mar, presa no anzol.

Invenções – III

Outro invento de grande utilidade no mundo inteiro foi idealizado por um português: o olho mágico.

Mais tarde ganhou sua utilização atual, uma vez que originalmente havia sido colocado numa porta de vidro.

Invenções – IV

Quando Thomas Edison inventou a lâmpada elétrica, convidou o presidente de Portugal para conhecer o invento. No dia seguinte, os jornais noticiavam: "Português inventa o choque".

J

Jogo rápido

Por que a piscina do clube da Lusa tem a água completamente azul?
Porque os portugueses mergulham com a caneta atrás da orelha.

Como é que se distingue um pirata português no meio de outros piratas?
O português usa tapa-olho nos dois olhos.

Lista telefônica em Portugal só tem letra T: Telefone do Joaquim, Telefone do Manuel, Telefone do João...

Como você sabe que o português informatizou a padaria?
Quando ele vem atender você com o mouse atrás da orelha.

O que vem escrito no fundo de toda garrafa, em Portugal?
Não abrir por este lado.

Por que o português não colocou porta no banheiro?
Para ninguém espreitar pelo buraco da fechadura.

– Manuel, sua mulher é boa de cama?
– Não sei. Uns dizem que sim, outros dizem que não...

Por que o português senta sempre na última fila do cinema?
Porque ele é adepto daquele ditado: quem ri por último ri melhor.

Por que o carro elétrico não deu certo em Portugal?
Porque nos primeiros cem metros a tomada se soltou.

Por que os portugueses usam bigode?
Para ficarem parecidos com a mãe.

Um português e um americano pulam de um prédio. Qual deles se esborracha primeiro?
O americano, porque o português para pra pedir informação.

Como se reconhece um português yuppie?
Ele usa uma Mont Blanc atrás da orelha.

Por que sempre que viajam de barco, os portugueses levam uma porta de carro?
Para poder abrir a janela se estiver muito calor.

E por que às vezes levam duas portas?
Para fechar uma das janelas, se houver muita corrente de ar.

Como você sabe que um português usou o computador?
Você percebe que tem corretivo líquido branco passado na tela.

A Maria se vira para o Manuel e fala:
– Ai, Manuel, eu não gosto dessas pílulas anticoncepcionais. Elas caem quando eu ando.

Sabe como locutor de rádio português narra jogo de futebol?
– Lá vai, lá vai, lá vai. Lá vem, lá vem, lá vem.

Por que em Portugal é proibida a venda de carros com limpador de para-brisa traseiro?
Precaução. Outro dia pegaram um português guiando ao contrário.

– Ora, pá, Manuel. Até que enfim o quilo do arroz baixou.
– É verdade? E quantos gramas pesa agora?

Quantos portugueses são necessários para afundar um submarino?
Dois. Um bate na porta e o outro abre.

O que fazem 17 portugueses parados na porta de um cinema?
Esperam que chegue mais um, porque o filme é para maiores de 18.

Um clube pegou fogo em Portugal. Morreram todos carbonizados. Sabe por quê?
Não permitiram que os bombeiros entrassem, pois não eram sócios.

Quantos portugueses são necessários para trocar uma lâmpada?
Cinco. Um segura a lâmpada e os outros rodam o que está segurando.

E quantos são necessários para tirar leite da vaca?
Sessenta e um. Um segura as tetas e os outros sessenta levantam e abaixam o bicho.

Por que o português, na hora de dormir, bota dois copos, um cheio e um vazio, na cabeceira da cama?
Porque ele pode sentir sede ou não.

Qual a diferença entre um estudante português burro e um estudante português inteligente?
O burro copia tudo o que a professora escreve no quadro, e, quando ela apaga o quadro, ele apaga tudo no caderno. O inteligente não copia nada, porque já sabe que a professora vai apagar mesmo.

E para pregar um prego na parede, de quantos portugueses você precisa?
Mil e um. Um segura o prego, os outros mil empurram a parede.

Por que o português não toma leite gelado?
Porque ele não consegue colocar a vaca na geladeira.

Por que português tem chulé só em um dos pés?
Porque a mãe diz: "Vê se lava esse pé direito, menino".

L

Lâmpada

Maria pede ao Manuel que troque a lâmpada queimada. Ao subir na escada e encostar no soquete, a cidade inteira fica às escuras, por causa de um blecaute.

Maria sai assustada à janela, olha para o Manuel e dá a bronca:

– Ai, Manuel, olha só o que tu fizeste.

Lógica

Manuel está saindo da escola, ao final das aulas, quando encontra um professor.

– Mestre, explica-me uma coisa. O que é lógica?

– Lógica é uma coisa muito simples. Eu explico. Você tem aquário em casa?

– Tenho.

– Então. Se você tem aquário em casa significa que você tem crianças em casa, certo?

– Certo.

– Se você tem crianças em casa é porque você é casado, certo?

– Certo.

– E se você é casado, isso quer dizer que você não é bicha, certo?

– Certo.

– Isso é lógica.

Manuel agradece a explicação e sai maravilhado. Que coisa fantástica essa lógica, pensa ele.

Logo numa esquina encontra um amigo e decide colocar seus novos conhecimentos em prática.

– Antônio, você sabe o que é lógica?

– Não.

– É fácil. Eu explico. Você tem aquário em casa?

– Não.

– Então você é bicha.

M

Marcenaria

Joaquim vai visitar o Manuel em seu mais novo empreendimento: uma marcenaria.

– Muito bem, Manuel, agora destes para ser marceneiro?

– É verdade, mas eu ando muito intrigado.

– Mas me diga cá, por quê?

– É que eu fiquei sem um dedo e não sei por quê.

– Como aconteceu?

– Hummm, nada de especial... Eu estava aqui trabalhando com esta serra rotativa e quando botei ali o dedo, assim desta maneira... Olha, lá vai outro.

Mercedes

O Manuel acaba de desembarcar no Brasil. Para recebê-lo, está no aeroporto um antigo conhecido. Homem rico, dono de uma Mercedes último tipo.

Manuel fica maravilhado com o carro.

– Este carro é divino. Pena que em Portugal não temos nada parecido, senão eu já teria comprado. Mas me explicas uma coisa. Para que serve aquele círculo de metal ali na ponta do capô?

O amigo olha para a frente e repara que Manuel se refere ao emblema da Mercedes. Disposto a brincar com a ingenuidade do amigo, inventa:

– Aquilo é uma mira. Quando eu quero atropelar alguém, eu olho ali, vou com o carro em cima e pronto. Vou mostrar como funciona.

O amigo vê uma velhinha atravessando a rua, acelera o carro em direção a ela, mas a poucos metros, logicamente, desvia o veículo.

Apesar disso, escuta um barulho estranho. Assustado, olha pelo retrovisor e vê o corpo da velhinha estendido no asfalto. Olha para o lado e vê a porta do passageiro aberta e um sorriso no rosto do Manuel.

– Como eu reparei que tu não és muito bom com essa tal de mira, eu mesmo dei um jeito de não deixar a velhinha escapar.

Mordomo

Manuel consegue um emprego de mordomo. E lá vai para sua primeira tarefa.

– Acorda, patrão, acorda.

– Ahn, ahn, sim, o que foi? O que houve?

– Está na hora do senhor tomar o remédio para dormir.

Motoqueiro

O motoqueiro está a 200 km/h na estrada quando estoura o zíper de sua jaqueta. Para evitar o frio no peito, ele resolve vesti-la ao contrário. Dois quilômetros à frente a moto derrapa e ele voa para o meio do mato. Logo atrás vem um carro com dois portugueses, que vão socorrer o coitado. Em seguida chega a polícia, que pergunta aos portugueses:

– Ele morreu na hora?

– Não, morreu agora há pouco, quando tentávamos virar o pescoço dele para o lado certo.

N

Nascimentos

Um gaúcho conversa com o Manuel:
– Eu nasci em Pelotas.
– Eu não. Eu nasci inteiro.

Nome

O mundo está cheio de pessoas descontentes com seus nomes. Era o caso do Manuel. Manuel Trombada, para ser mais preciso.

Anos e anos lutando na Justiça para obter a mudança, que pusesse fim às gozações das pessoas que o conheciam.

Mas enfim chegou o dia no qual Manuel conseguiu a autorização para mudar de nome.

Ele agora é o ilustríssimo Joaquim Trombada.

Noticiário

A manchete do famoso jornal português mostrava toda a dimensão da tragédia:

AVIÃO CAI EM CIMA DE CEMITÉRIO EM LISBOA. ATÉ AGORA, JÁ FORAM ENCONTRADOS 3.252 CORPOS.

O

Oficina – I

Manuel leva o carro para arrumar. E carrega o filho junto.

O mecânico examina o automóvel e constata um problema nos freios:

– É fácil de arrumar. É só sangrar o burrinho.

Manuel fica furioso:

– No menino ninguém põe a mão.

Oficina – II

Um novo emprego para o Manuel: ajudante numa oficina mecânica. O dono o chama para a primeira tarefa:

– Preciso arrumar o pisca-pisca deste carro. Vai lá atrás e me diz se tá funcionando.

Manuel observa a lanterna traseira com a maior atenção:

– Funciona. Não funciona. Funciona. Não funciona.

Ônibus

O japonês chegou desesperado na Estação Rodoviária de São Paulo:

– Japonês precisa passagem rápido pra São José dos Campos. Negócio urugente pra fechá, né?

– Sinto muito – informou o atendente –, mas o último ônibus para São José acabou de sair. Outro só amanhã.

– Non, non pode esperá, né? Japonês ganhá muito dinheiro. Precisa chegá logo.

– Então o senhor faz o seguinte: o senhor compra esta passagem para o Rio de Janeiro e pede para o motorista avisar quando chegar em São José. É no meio do caminho.

O japonês seguiu a recomendação e foi direto ao motorista:

– Por favoro: japonês precisa descê em São José dos Campos, né? Precisa fechá negócio urugente. Só que tem um porobrema: japonês tem medo de viajá de ônibus. Enton, japonês toma remédio forte e dorme direto. Japonês dá duzentos real para motorista, para motorista acordá japonês em São José.

Manuel, o motorista, tentou evitar a gorjeta.

– Mas não é preciso, eu acordo o senhor.

– Non, japonês faz queston porque senhor non conhece como japonês fica quando toma remédio. Japonês dorme pesado, difícil de acordá. E quando japonês acorda começa a dizê coisa sem sentido. Depois de dez minuto é que japonês melhora e começa a entendê o que aconteceu. Motorista acorda japonês em São José e non importa o que japonês dizer, bota japonês para fora do ônibus. Depois japonês se vira, quando passá efeito do remédio.

E lá se foi o ônibus para o Rio. O japonês tomou dois comprimidos e dormiu imediatamente.

Quando o japonês abriu os olhos ficou assustado. Olhou o Cristo Redentor, o Pão de Açúcar e viu que alguma coisa havia dado errado.

– Motorista burro. Japonês precisava descê em São José. Agora japonês tá no Rio e perdeu dinheiro de negócio. Por que fez isso com japonês? Japonês pagô motorista.

E lá se foi o japonês reclamando e choramingando atrás do Manuel por toda a rodoviária carioca. Até que o Manuel encontrou um amigo:

– Nervoso esse japonês atrás de você, não?

– Esse aí até que é calmo – respondeu o Manuel. – Precisavas ver o outro que eu botei para fora do ônibus em São José dos Campos.

Ônibus – II

O ônibus ia praticamente vazio. Dentro, além do motorista e do cobrador, apenas um passageiro. Chovia muito. Sentado embaixo de uma janela aberta, Manuel era vítima da natureza e já estava todo molhado. O motorista para num semáforo, olha para trás e pergunta ao Manuel:

– Mas por que o senhor não troca de lugar ?

– Eu até trocava. Mas com quem?

P

Padaria – I

O freguês entra na padaria do Manuel e lê o cartaz na parede: Pão simples: 15 centavos. Pão com manteiga: 50 centavos. Pão sem manteiga: 80 centavos.
Como achou estranho os preços, resolve perguntar:

– Manuel, por que o pão sem manteiga não custa o mesmo que o pão simples?

– Ora, pois, porque dá mais trabalho. A gente tem de colocar a manteiga e depois tirar.

Padaria – II

Um dia, o senhor Manuel, um português de setenta anos, estava no bar conversando com uns amigos e ouviu uma notícia bombástica: pão é afrodisíaco!!! Ele foi correndo para a padaria do conterrâneo Joaquim e pediu:

– Joaquim, por favor, eu quero vinte pães!

– Mas, seu Manuel, o senhor mora apenas com a dona Maria. Se o senhor comprar vinte pães, a metade vai ficar dura.

– Ahh... Então eu quero quarenta pães!

Papagaio

Manuel resolve comprar um papagaio. E dirige-se a uma loja de animais. O vendedor percebe que o português não sabe o que é um papagaio, vai até o fundo da loja, pega uma coruja, pinta de verde e entrega ao Manuel.

Feliz da vida, Manuel vai para casa levando seu novo bicho de estimação.

Um dia, um amigo resolve visitá-lo e Manuel mostra o "papagaio". O amigo segura-se para não dar risada e pergunta:

– E esse papagaio já fala?

– Falar ainda não fala, mas presta uma atenção...

Pedicure

A pedicure examina o pé do Manuel:

– Sabia que o senhor tem olho de peixe?

– E a senhora tem cara de vaca.

Pinguim

O Manuel estava passeando perto do porto. Nisso, passou perto da rampa de desembarque de um navio e deu de cara com um pinguim.

Achou estranho aquele animal perdido por ali, mas continuou seu caminho. Olhou para trás e viu o pinguim vindo atrás dele, seguindo-o.

Apressava o passo, virava para a esquerda, para a direita e nada de o bicho sair do seu encalço.

Até que encontrou um velho conhecido.

– Ó, raios, não consigo me livrar desse pinguim. Há horas que ele me segue.

– Mas, Manuel, deixa de ser burro. Leve o bicho para o Zoológico.

– Ora, pois. Como não pensei nisso antes?

Uma semana depois, Manuel e seu amigo se encontram novamente. Mas o amigo repara que o pingüim continua a acompanhar o português.

– Manuel, eu não falei para você levar o bicho para o Zoológico? Por que você não fez o que lhe disse?

– Mas eu levei. Hoje estou levando até o museu e amanhã vou levá-lo até o parque.

Pescaria – I

Joaquim e Manuel reúnem todos os apetrechos e se mandam para uma semana de pescaria no Pantanal. Escolhem um rio enorme e sem outras pessoas. A pescaria é um sucesso. Quilos e mais quilos de peixe. Só que o Manuel se lembra de algo importante, para eles voltarem na próxima vez:

– Ó, Joaquim, tu marcaste o lugar?

– Ó, pá, mas é claro. Fiz uma marca do lado direito do barco, perto do motor. Aquele é o ponto.

– Mas tu é burro, homem. E se na próxima vez a gente não conseguir alugar o mesmo barco?

Pescaria – II

A portuguesinha de dez anos vai pescar com o pai e volta com o rosto todo inchado. A mãe, assustada, pergunta:

– Minha filha, o que houve?

– Foi um marimbondo, mamãe...

– Ele picou você?

– Não deu tempo. O papai o matou com o remo.

Pizza

Manuel vai à pizzaria. O garçom traz o pedido e pergunta:
– O senhor quer que corte em 4 ou em 8 pedaços?
– Em 4, por favor. Oito eu não vou conseguir comer.

Prato típico

O português chega ao balcão e vai logo fazendo seu pedido:
– Um bacalhau com batatas, por favor.
– O senhor é português, não é? – pergunta o atendente.
– Sim. Mas como é que descobriste? Por causa do meu pedido ou do meu sotaque?
– Nenhum dos dois. É que isto aqui é um McDonald's.

Presente

Manuel presenteia a esposa com um lindo casaco de pele de raposa. Maria veste imediatamente e comenta feliz:
– Como pode uma coisa tão maravilhosa vir de um animal tão pequeno, feio, totalmente insignificante...
– Se tu não me queres agradecer, vá lá. Mas também não precisas ofender.

Prisão

Manuel e Joaquim conversam dentro da cadeia:
– Que horas são? Meio-dia ou meia-noite?
– Não sei. Meu relógio quebrou.

Publicidade – I

O dono da fábrica de pregos São Crispim estava com a produção encalhada. Pregos, pregos e mais pregos.

Foi quando ele teve a idéia de procurar uma agência de propaganda e solicitar um anúncio.

Quem ficou encarregado de desenvolver a peça foi o Manuel, um redator recém-chegado da terrinha.

Depois de um dia inteiro pensando, Manuel tem uma brilhante sacada. A foto do Cristo pregado na cruz, com um título logo abaixo: "Pregue com pregos São Crispim que não solta mais".

O anúncio apareceu nas principais revistas e jornais e foi um sucesso total. O estoque acabou em poucos dias e a produção já estava comprometida para as próximas semanas.

Mas nem tudo eram rosas. A Igreja logo reclamou. E procurou o dono da São Crispim.

– Mas como? Usar a imagem do Cristo para interesses comerciais? O senhor não devia ter aprovado uma coisa dessas.

E foram tantas as pressões que ele se viu obrigado a procurar o Manuel.

– Eu queria que você fizesse algumas modificações. Algo que não ofendesse a Igreja. Mas eu tenho medo de jogar a idéia fora. Graças a ela eu consegui sair do atoleiro.

Não demorou mais uma semana e um novo anúncio começou a circular. Uma foto da cruz vazia. O Cristo saindo correndo e um título: "Se tivesse sido pregado com pregos São Crispim...".

Publicidade – II

Manuel e Joaquim tiveram uma grande ideia: montaram a primeira agência de publicidade de Portugal.

Após alguns meses, aparece o primeiro cliente, um renomado fabricante de remédios. Queria fazer um anúncio publicitário que seria exibido na TV, para o lançamento de uma nova marca de supositório.

Após muito pensar, Manuel e Joaquim finalmente terminam o anúncio. Ficou assim:

– Manuel! Manuel!

– Ora, pois... Fale, ó Joaquim!

– Manuel, me empreste R$ 30 mil para eu te pagar só no ano que vem, com juros de apenas 1%?

– Ora, pois, Joaquim! E na bundinha, não vai nada?

– Vai, sim... Supositórios Trovão!

Q

Quadro

Durante uma festa em sua casa, Manuel mostra, orgulhoso, o belo quadro que acabou de adquirir.

É abordado por um convidado, que pergunta:

– Esse quadro é de Rembrandt, não?

– Rembrandt? Não. Esse quadro é meu mesmo. Paguei um dinheirão por ele.

R

Remédio

– Sabes, Joaquim, o doutor me disse para beber um pouco de suco de limão depois de tomar um banho quente.

– Ora, muito bem. E tu bebeste o suco de limão, Manuel?

– Que nada. Ainda não consegui beber nem metade da água quente do banho.

Restaurante – I

Depois de desembarcar, Manuel deixa as malas no quarto do hotel e vai procurar um restaurante. Senta-se e nota o copo virado, em cima da mesa.

– Mas esses brasileiros são mesmo burros. Como é que podem fabricar um copo sem boca.

Retira o copo da mesa e olha embaixo.

– Burros de novo. Além de tudo ainda fizeram o copo sem fundo.

Restaurante – II

Manuel está no restaurante, com a mulher e os filhos. Jantam maravilhosamente bem e pedem as sobremesas. O garçom chega com os pedidos:

– Apple pie?

– Não. É pra mãe. Pro pai é uma salada de frutas.

Restaurante – III

A mesma situação anterior. O garçom traz as sobremesas, se dirigindo ao Manuel:

– Apple pie?

– Yes, I am.

S

Salto de paraquedas

Manuel realiza seu grande sonho: entrar numa escola de paraquedismo. Lá em cima, no avião, o instrutor mostra o que fazer antes do primeiro salto:

– Você pula, conta até dez e puxa este cordãozinho amarelo aqui.

– E se não abrir?

– Vai abrir. Mas se der algum problema, não se preocupe. Logo em seguida é só puxar este cordãozinho azul, que é o paraquedas reserva. Aí é só ficar tranqüilo que lá embaixo vai ter um jipe da nossa escola esperando você. Vamos lá.

Manuel se atira, conta até dez e puxa o cordão amarelo. Nada de paraquedas aberto. Ele se lembra do instrutor. Puxa o cordão azul. Também nada acontece.

– Ó, raios, agora só me falta não ter jipe nenhum da escola a me esperar.

Sexo – I

Manuel chega à zona e pergunta pra cafetina:

– Quanto está a custaire o coito com uma das meretrizes?

– Depende do tempo – diz a cafetina.

– Pois baim... Suponhamos que chova!

Sexo – II

A Maria está no carro com o namorado, num namoro desenfreado. Beijo puxa beijo, e então, lá pelas tantas:

– Não quer ir para o banco de trás? – pergunta ele, com visível tesão.

– Para o banco de trás? Não.

E o namoro continua, mais beijo, mais festa, mais aperto, mais amasso e...

– Não quer mesmo ir para o banco de trás? – diz ele, ainda com mais vontade.

– Não, não quero.

O pobre rapaz, já meio desnorteado, continua lá no beija-beija, esfrega-esfrega, até que...

– Maria, tem certeza de que não quer ir para o banco de trás? – diz ele, já desesperado.

– Mas que coisa! Já disse que não! Claro que não!

E ele, desesperadíssimo:

– Mas por quê?

– Porque prefiro ficar aqui, perto de ti!

Sexo – III

O Manuel leva sua mulher ao ginecologista para saber por que apareceram umas pintinhas azuis na altura da virilha dela. Depois de examiná-la, o médico chama o Manuel e pergunta:

– O senhor pratica sexo oral com sua mulher regularmente?

O português responde:

– É claro, doutore... E ela gosta muito!

E o médico, com ar de Sherlock Holmes:

– Então lembre-se de tirar a caneta de trás da orelha da próxima vez.

Sexo – IV

Manuel conheceu uma mulher maravilhosa em um bar de Lisboa, e, na primeira noite, eles foram para a cama. Enquanto faziam sexo, Manuel reparou que os dedos dos pés da mulher encolhiam-se toda vez que ele a penetrava.

O portuga ficou muito orgulhoso com a sua performance e, no final do ato, se gabou:

– Devo ter sido realmente muito bom esta noite, pois reparei que os dedos dos teus pés se encolhiam cada vez que entrava e saía de ti...

– Sim – respondeu a mulher –, mas isso aconteceu porque você se esqueceu de tirar a minha meia-calça!

Sinalização

O Manuel desfila com sua Ferrari novinha. E vai visitar a namorada. Bração esquerdo pendurado na janela da porta, é a própria imagem da felicidade. E apesar do motor Ferrari, exibe o carro a uma velocidade bem baixa, para todos terem oportunidade de vê-lo.

No caminho ele se depara com uma placa: "Devagar. Quebra-molas".

A freada é forte. Ele olha pelo retrovisor, vira-se, colocando o braço direito no banco ao lado, e dá uma ré.

Depois de andar uns quinhentos metros, para, olha para a frente concentrado e arranca com tudo. A 150 km/h ele passa em cima da lombada. Totalmente sem controle, só consegue parar graças à providencial ajuda de um poste que gentilmente resolve se colocar em seu caminho.

Com alguns ossos quebrados, Manuel ainda tem forças para pegar a caneta e se dirigir à placa, para completá-la: "Depressa também quebra".

Sociedade

Você sabe por que sociedade entre portugueses sempre dá certo?

Porque um rouba do outro e deposita na conta conjunta.

T

Táxi – I

Joaquim e Manuel chegaram ao Brasil para tentar ganhar a vida.

Como não tinham nenhuma especialização, juntaram as economias e compraram um táxi e um guia da cidade. Os olhos dos dois brilhavam, quando faziam as contas do quanto poderiam ganhar. Quem sabe, um dia até voltar para a terrinha, com o pé de meia feito.

O sonho começou a desmoronar logo no primeiro dia. Nenhum passageiro fez sinal. O que levou o Joaquim a comentar com o Manuel:

– Isso é muito azar, ó, pá!

– Mas é só o primeiro dia. Não fiques nervoso. Acabamos de começar nesse negócio.

Veio o segundo dia e nada. Nenhum passageiro. À noite, Joaquim, o mais pessimista, fazia uma previsão catastrófica:

– Ora, pois, assim é que não vai dar. Desse jeito vamos acabar sem dinheiro.

– Calma, Joaquim. Isso não pode ser sempre dessa maneira. Quem sabe amanhã tudo muda.

Mas o terceiro dia tratou de mostrar que a sorte não havia mudado. Joaquim foi taxativo:

– Eu é que não continuo nesse negócio. Amanhã, se quiseres, tu vais é trabalhar sozinho.

Táxi – II

Manuel vai ao Rio de Janeiro. Antes de viajar, os amigos o advertem do perigo: lá no Rio, os motoristas costumam voar com seus veículos. Chegando na Cidade Maravilhosa, Manuel pega um táxi:

– Avenida Brasil, por favor.

– Que altura o senhor vai.

– Olha cá, se tu fores a mais de dois metros, eu pulo deste carro, entendeste?

Teatro

Maria e Manuel vão ao Teatro Municipal assistir ao espetáculo *A morte do cisne*.

Maria, muito cansada após um longo dia de trabalho, dorme profundamente durante a maior parte da apresentação. Acorda, sem graça, e pergunta ao marido:

– Manuel, dormi. Será que alguém da plateia notou?

Responde o Manuel:

– Da plateia não sei, mas os artistas sim, pois há horas que caminham na pontinha dos pés para não te acordar...

Tecnologia

O português foi para o Japão e comprou um par de óculos cheio de tecnologia, que permitia ver as mulheres peladas. Manuel coloca os óculos e começa a ver todas as mulheres peladas, e fica encantado. Põe os óculos – peladas! Tira os óculos – vestidas! Que maravilha! Ai, Jesus!!!!!!

E assim foi Manuel para Portugal, louco para mostrar a novidade para a mulher, Maria. No avião, sente-se o máximo vendo as aeromoças todas peladas. Quando chega em casa, já coloca os óculos para pegar Maria pelada. Abre a porta e vê Maria e o compadre no sofá pelados. Tira os óculos: pelados! Põe os óculos: pelados! Tira: pelados! Põe: pelados! E Manuel, então, diz:

– Puta que pariu! Esta merda já quebrou!

Telefone – I

Maria vai até a companhia telefônica e pergunta quanto é ligar para Portugal, para falar com sua mãe. O atendente responde:

– Uns vinte reais, mais ou menos.

– Ai, meu Deus, vinte reais eu não tenho. E preciso tanto falar com a mamãe. Eu faria qualquer coisa para falar com ela.

O atendente na hora fica animado com o "faria qualquer coisa" que Maria acabara de dizer. E faz uma proposta maliciosa:

– Olha, se você vier aqui no fundo da telefônica eu arranjo um jeito de você falar com a sua mãe de graça.

Maria abre um sorriso e acompanha o atendente. Num canto escuro e vazio o rapaz tira o pênis para fora da calça:

– Pronto. Taí.

Maria olha para aquilo, pega o pênis do moço e o leva à boca:

– Alô, mamãe?

Telefone – II

Manuel faz uma ligação telefônica para o João:

– Por favoire, eu queria falar com o João!

– Pode falar, é o próprio.

– E aí, Próprio, tudo bom? Chama o João pra mim!!!

Tradução

Como se sabe, os portugueses têm o hábito de traduzir todas as palavras de outra língua. Quando aconteceu o primeiro Grande Prêmio de Fórmula 1, todos os outdoors dos patrocinadores foram traduzidos.

Firestone virou Fogo na Pedra. Goodyear virou Bom Ano. Hollywood virou Madeira Santa. E Pall Mall virou o Caralho Maldito.

Traição – I

Manuel resolve chegar mais cedo do trabalho. E encontra Maria, sua mulher, com Joaquim, seu melhor amigo, na cama.

– Maria, Maria, como pudeste fazer isso? Oh, meu Deus.

Abre a gaveta da cômoda, pega o revólver e aponta contra a própria cabeça.

Maria, ao ver aquela cena, acha tudo patético e começa a dar risadas.

– Não rias, Maria, não rias. A próxima a levar um tiro vai ser você.

Traição – II

Um americano, um alemão e um português conversam num bar.

O americano reclama da esposa:

– Acho que minha mulher está me traindo com um jogador de basquete.

– Por que você acha isso? – perguntam os outros dois.

– Descobri uma bola de basquete embaixo da minha cama.

Depois da revelação, é a vez do alemão também se abrir:

– E eu acho que a minha está me traindo com um jogador de golfe.

– Por que você acha isso?

– Ontem eu descobri um taco de golfe embaixo da minha cama.

Manuel também resolve contar sua angústia.

– E a minha mulher eu acho que está me traindo com um cavalo.

– Com um cavalo? Por quê?

– Ontem eu descobri um jóquei embaixo da minha cama.

Traição – III

Manuel vai entrar em casa, quando se encontra no portão com o Joaquim, que faz questão de avisar o amigo da grave situação que ele vai encontrar:

– Tua mulher está transando com outro.

Manuel abre a porta enfurecido. Um minuto depois aparece à porta, para falar com o Joaquim.

– Mas não é com outro. É com o mesmo.

Trânsito

Estava o Manuel com seu carro novo, uma Besta, dirigindo pela cidade, levando a Maria para passear.

Nisso, ele é parado por um guarda que vai logo pedindo a documentação:

– Os documentos da Besta, por favor.

– Pois não.

O Manuel pega o RG e entrega gentilmente ao policial.

– Não são os seus documentos, imbecil, eu quero os documentos da perua – disse o guarda, sem mais cerimônias.

– Ah, mas por que não disseste logo de cara. Ô, Maria, entregas teus documentos ao rapaz.

Trem

O português senta-se, no trem, de frente para uma gostosa ruiva, que usava uma minissaia.

Nisso, dá-se conta de que ela estava sem calcinha. Então a ruiva lhe diz:

– Você está olhando para a minha xoxota?

– Sim, desculpe – responde o portuga.

– Está bem – responde a mulher. – Olhe, vou fazer com que ela te mande um beijo!

Incrivelmente, a xoxota manda um beijo.

O portuga, totalmente assombrado, pergunta que outra coisa sabe fazer.

– Posso também fazer com que te dê uma piscadela.

O portuga observa, assombrado, como a xereca lhe dá piscadelas.

A mulher, já excitada sexualmente, diz ao português:

– Você quer me enfiar um par de dedos?

Paralisado de assombro, o português responde:

– Puta que pariu! Também sabe assobiar?

Tribunal

Seu Manuel pensou melhor e decidiu que os ferimentos que sofrera num acidente de trânsito eram sérios o suficiente para levar o dono do outro carro ao tribunal.

No tribunal, o advogado do réu começa a inquirir seu Manuel:

– O senhor não disse na hora do acidente: "Estou muito bem"?

E Manuel responde:

– Bem, vou lhe contaire o que aconteceu. Eu tinha acabado de colocaire minha mula favorita na caminhonete...

– Eu não pedi detalhes! – interrompeu o advogado. – Só responda à pergunta: o senhor não disse na cena do acidente: "Estou muito bem"?

– Bem, eu coloquei a mula na caminhonete e estava a desceire a rodovia...

O advogado interrompe novamente e volta-se para o juiz:

– Meritíssimo, estou tentando estabelecer os fatos aqui. Na cena do acidente este homem disse ao patrulheiro rodoviário que estava bem. Agora, várias semanas após o acidente, ele está tentando processar meu cliente, e isso é uma fraude. Por favor, poderia pedir a ele que simplesmente responda à pergunta?

Porém, a essa altura, o juiz estava muito interessado na resposta de seu Manuel, e disse ao advogado:

– Eu gostaria de ouvir o que ele tem a dizer.

Seu Manuel agradeceu ao juiz e prosseguiu:

– Como eu estava a dizeire, coloquei a mula na caminhonete e estava descendo a rodovia quando uma picape atravessou o sinal vermelho e bateu na minha caminhonete, bem na lateral. Eu fui lançado fora do carro, para um lado da rodovia, e a mula foi lançada para o outro lado. Eu estava muito ferido e não podia me mover. De qualquer forma, eu podia ouvir a mula zurrando e grunhindo e, pelo barulho, pude perceber que o estado dela era muito grave. Logo após o acidente, o patrulheiro rodoviário chegou ao local. Ele ouviu a mula zurrando e foi até onde ela estava. Depois de dar uma olhada nela, ele pegou a arma e atirou bem entre os olhos do animal. Então, o policial atravessou a estrada com sua arma na mão, olhou para mim e disse: "Sua mula estava muito mal e eu tive que atirar nela. E o senhor? Como está se sentindo?" O que o senhor falaria no meu lugar, Meritíssimo?

Tropeção

Manuel vai visitar um velho navio de guerra e acaba tropeçando numa placa de bronze, onde está escrito: "Aqui tombou o Almirante Barroso".

– Nao é de admirar. Eu também quase caí aqui!

V

Ventríloquo

Um ventríloquo está fazendo seu show e começa a contar piadas de português. No meio da plateia, o Manuel se levanta indignado:

– O que o senhor quer dizer com essas piadas, hein, hein? Quer dizer que nós, portugueses, por acaso, somos estúpidos, é?

– Desculpe, meu senhor, eu não tive a intenção de...

– Fique quieto. Não estou a falar consigo. Estou me dirigindo a esse sujeito pequeno sentado aí no seu joelho.

Viagem – I

Manuel liga para a agência de viagens.

– Por favor, quanto tempo dura o vôo daqui para Lisboa?

– Ah, sim, só um minutinho.

– Obrigado.

Viagem – II

Manuel liga desesperado de Nova York, onde acabou de chegar:

– Ai, Joaquim, estou perdido. Não sei como me dirigir ao hotel.

– Calma, Manuel, que aí eu conheço tudo. Me digas onde estás agora.

– Estou aqui na esquina da Walk com a Don't Walk.

Viagens espaciais

Na sede da NASA, os maiores cientistas espaciais de cada país revelam seus novos projetos.

O representante americano começa:

– Estamos prontos para enviar uma missão tripulada a Marte.

Todos aplaudem, entusiasmados. O representante da Rússia pede a palavra:

– Num grande avanço para a humanidade, informo que estamos prontos para enviar uma missão tripulada a Júpiter no próximo ano.

Mais aplausos. Chega a vez do representante português. Ele pendura na parede um grande desenho de um foguete e explica:

– Portugal irá lançar neste foguete a primeira nave tripulada em direção ao sol.

A gargalhada é geral. Até que um dos representantes presentes consegue falar:

– Mas será que vocês não sabem que bem antes de chegar lá todos já terão morrido queimados?

– Pensas que somos bestas? Iremos à noite, ora pois.

Piadas Portuguesas de Brasileiros

A

Aquário

À noite, o pai brasileiro e sua filha estão na sala, assistindo à novela. O pai fala com a menina:

– Filha, você trocou a água dos peixes hoje?

– Não, pai. Eles ainda nem beberam a que eu coloquei ontem.

B

Bar

Chega um japonês num bar do Brasil:
– Akurá ito dekassy kuro Coca-Cora.
– O senhor quer uma lata gelada do quê?

C

Computador

Aviso na tela de um computador fabricado no Brasil: "Teclado não instalado. Aperte uma tecla para continuar".

Compensação

O filho do brasileiro chega para o pai, com uma grande dúvida:

– Pai, o que é compensação?

O pai coloca de lado o jornal que estava lendo.

– Bem... Compensação, compensação é... Já sei. Imagine a seguinte situacão: seu pai volta um dia desses mais cedo do trabalho e encontra a sua mãe na cama com o padeiro. O que é que eu sou?

– Ah, fácil – diz o rapaz. – O senhor é um corno.

– Exatamente. Em compensação, você é um filho da puta.

Compras

Um português entra numa loja no Brasil e pede um penico.

– Não temos penicos – responde o brasileiro.

O português olha para as prateleiras atrás do balconista e vê um monte desses utensílios.

– Então o que é aquilo?

– Ah! Aquilo? Aquilo são portugas. O que o senhor quer, então, é um portuga. Que tamanho? Pequeno ou grande?

– Grande. É para pôr lá muitos brasileiros.

Consulta

O brasileiro procura um oculista lá em Portugal. Ele se senta numa cadeira e o médico pede que ele leia o que está escrito naquele pôster que tem em todo consultório de oftalmologista, começando das letras menores para as maiores.

O brasileiro olha e não consegue. O médico pede que ele passe para as letras maiores. E nada de o brasileiro falar. Pede para que ele leia então a primeira e maior letra de todas. E o brasileiro não diz uma palavra.

O médico perde a paciência:

– Nao é possível que você não consiga ler estas letras enormes. Leia, vamos.

– Tem certeza, doutor?

– Sim, leia.

– Então, tá, foi o senhor que pediu:

RTFZXAWRQSKLVIBSRZDOZTRUDFRCME.

Crime

Dois falsificadores brasileiros são presos e discutem dentro da cela:

– Pô, malandro, como é que os homi descobriram o golpe? As nota tavam perfeita. Nós fizemo um trabalho excelente, perfeito

– Eu falei, eu avisei. Esse negócio de falsificar notas de 25 dólares não ia dar certo.

E

Escola – I

Uma família brasileira se muda para Portugal. O pai vai logo colocando o filho na escola primária local. Fim do primeiro dia de aulas, o garoto chega se queixando:

– Pai, por que é que os meninos da minha turma só sabem o A-E-I-O-U e eu já sei todas as letras?

– Ah, filho, então você não sabe que os brasileiros são mais espertos que os portugueses?

– E, pai, por que é que os meninos na escola só sabem contar até cem e eu já sei contar até mil?

– Pelo mesmo motivo, meu filho: os brasileiros são muito mais espertos do que os portugueses.

– Ahn, ô, pai, e por que os meninos lá na escola têm um bimbo tão pequeno e o meu é tão grande ?

– Ah, meu filho, isso é porque você já tem 35 anos

Escola – II

O garoto está indo para a escola. No caminho, encontra uma colega de classe, que não consegue parar de rir:

– Interessantes essas meias que você está usando, Pedrinho, uma branca e outra azul.

– O mais engraçado é que lá em casa tem outro par igualzinho.

F

Fiscalização

O português abandona Portugal e decide tentar a sorte no Brasil. Junta todas as economias e abre um negócio *sui generis*: uma padaria. Um profissional de pães macios e coração mole: todos os patrícios sem emprego que chegavam lhe pedindo trabalho acabavam conseguindo alguma coisa. Resultado: na padaria, todos eram portugueses.

Até que um dia o Governo baixa um decreto de proteção ao produto nacional, obrigando que no mínimo 80% dos empregados de uma empresa deveriam ser brasileiros.

O portuga resolve não dar atenção à lei e continua do jeito que estava. Um dia chega um fiscal do Ministério do Trabalho, vê a situação e acaba aplicando uma pesada multa.

Mas nada de mudanças. Nova visita dos fiscais, e o português, para não se afundar em multas, resolve partir para o suborno.

Só que foi tanto dinheiro que depois de alguns meses, lá foi a padaria à falência. O português decide tocar a vida em casa, fazendo lá seus pães e bolos. E para fazer as entregas, só tinha dinheiro para comprar uma carroça, puxada por dois burros.

Dias depois encontra-se com o fiscal que costumava extorquir dinheiro dele:

– E aí, seu Manuel, como vão as coisas? O senhor ainda continua fora da lei? Não se esqueça que eu ainda tenho o meu caderninho de multas.

– Ah, agora tu não me pegas. Eu sou português, mas esses dois que me acompanham cá nas entregas são brasileiros.

Futebol

Dois brasileiros conversam sobre o esporte preferido no país.

– Sabe de uma coisa, cara? O Brasil nunca ganhou o campeonato da Europa?

– Pô, não é que é verdade? Com certeza é um dos poucos títulos que nos faltam.

– Deixa pra lá. Ano que vem a gente ganha.

– Só. Espero que na final a gente jogue contra um país fácil como o Japão.

G

Genética

Dois amigos conversam:

– José, sabes qual o resultado do cruzamento de um burro com um morcego?

– Não, João, nao faço idéia.

– É um brasileiro a fazer asa-delta.

I

Informações

Um brasileiro chegou em Portugal, todo convencido, se achando o espertão. Encontra um senhor e sem nenhuma educação vai pedindo uma informação:

– E aí, portuga, onde é que se pega o trem neste país de merda?

– O senhor me desculpe, mas nós cá em Portugal não chamamos trem, chamamos de comboio.

– É? E onde é que eu compro um Band-Aid aqui?

– O senhor me desculpe de novo, mas aqui chamamos o Band-Aid de penso rápido.

O brasileiro ficou nervoso com o português:

– E como é que voces chamam filho da puta aqui?

– Filho da puta nós não chamamos, eles vêm todo dia pela TAM.

Invenção – I

Desemprego, desemprego, desemprego. O brasileiro resolve ir a Portugal tentar fazer algum dinheiro. Deixa sua mulher para ter menos despesas e começa a trabalhar duro para juntar algum.

Dois anos depois já é dono de um posto de gasolina. A mulher escreve e pergunta se já não era a hora de ir para Portugal também, para que eles pudessem ter um filho.

O brasileiro diz que não. E responde mandando, num frasco, sêmen por ele coletado, para que ela fizesse uma inseminação artificial. Nove meses se passam e o brasileiro recebe a foto do Júnior: lindo, forte e com cara de muita saúde. O brasileiro fica orgulhoso. Mas nada de voltar para o Brasil. Trabalhava ainda mais. E em pouco tempo já é dono de mais um posto de gasolina.

A saudade da mulher aperta. Ela manda outra carta, dizendo que a situação dele já é mais tranquila, que ela poderia viajar para terem outro filho juntos.

O brasileiro adota a mesma estratégia. Manda mais um vidrinho com seu precioso sêmen e pede que ela repita a inseminação artificial. Mais nove meses se passam e chega outra carta, com a foto de uma menina bonita e saudável. Mas nada de o brasileiro mudar de ideia.

Já eram cinco os postos de gasolina e a mulher escrevendo, querendo se mudar para Portugal, levar o casal de filhos e ter mais uma criança com o marido.

O brasileiro nem aí. E dessa vez resolve enganá-la. Pega um frasco, coloca talco e iogurte e pede para a mulher fazer mais uma inseminação.

Outros nove meses se passam. Chega outra carta, com a foto de um novo bebê. Todo orgulhoso, o brasileiro pensa:

– Uau, sou um gênio. Inventei a porra sintética.

Invenção – II

O brasileiro, feliz da vida, chega no instituto de registro de marcas e patentes com um envelope, onde se lê: "Água em pó. Fácil e rápido de usar. Basta acrescentar água".

M

Maternidade

Um brasileiro se muda para um país da Europa, com a mulher grávida. Três meses depois o bebê está para nascer. A mulher liga para ele, que está em outra cidade, e o marido sai correndo. Mas não chega a tempo de presenciar o nascimento.

Na recepção, ele procura se informar:

– Oi, boa tarde, eu vim ver o meu filho que acabou de nascer. Onde é que eu posso vê-lo?

– Ah, claro, suba aquelas escadas ao final do corredor que o senhor chega lá.

– Muito obrigado.

Ele sobe as escadas. No primeiro andar encontra uma placa na porta do berçário: "Bebês Muito Inteligentes e Muito Bonitos".

Pelo vidro ele observa diversos recém-nascidos e tenta adivinhar qual é o seu. Chega perto da enfermeira e pergunta ansioso:

– O meu bebê, qual é o meu bebê?

– O senhor pode me dar o seu nome, por favor?

– Nem precisa de nome, sou brasileiro, sabe?, não deve ter nenhum outro brasileiro por aqui.

– Deixe-me ver aqui na ficha... Não, não tenho nenhuma criança nascida de pais brasileiros. Dê uma olhada no andar de cima.

Ele sobe correndo as escadas. Na porta do outro bercário uma outra placa: "Bebês Inteligentes e Bonitos".

Ele procura a enfermeira responsável.

– Por favor, eu sou brasileiro, qual desses aí é o meu filho?

– Desculpe, mas não é aqui, deve ser no andar de cima.

E ele sobe novamente. Encontra outra placa: "Bebês com Q.I. Normal e Boa Aparência".

Fala com a enfermeira, mas a resposta também é negativa. Ela pede que ele suba mais um andar.

Mais degraus. Mais uma placa: "Bebês com Q.I. Menos Desenvolvido e Não Tão Bonitos".

Um pouco desiludido, ele pede à enfermeira para ver seu filho. Mas ela não lhe dá boas notícias:

– O senhor está enganado. Aqui ele não está. Por que o senhor não procura no andar de cima?

A próxima placa causa mais desilusão: 'Bebês Burros e Feios". Mas ele não se deixa abater:

– Por favor, enfermeira, me deixe ver o meu filho.

Ela consulta as fichas.

– Desculpe desapontá-lo. Mas não é aqui.

Mais escadas, e na placa seguinte ele se desespera: "Bebês Completamente Estúpidos e Feios de Morrer".

A enfermeira responsável pelo andar também diz que o pequeno brasileiro não está ali. Só pode estar no próximo e último.

– Ah, finalmente vou ver o meu filho. Meu adorado filho.

Ele abre a porta e dá de cara com a placa que identifica as crianças do andar: "Brasileiros".

Museu – I

Dois brasileiros estão num museu de Ciências Naturais:

– Aqui está dizendo que o oxigênio foi descoberto há 200 anos.

– Pô, então como é que as pessoas faziam antes para respirar?

Museu – II

Num café de Paris, dois turistas brasileiros conversam:

– Sabe de uma coisa? Já estamos há uma semana em Paris e ainda nao fui ao Louvre.

– Não se preocupe. Isso deve ser apenas uma leve prisão de ventre.

N

Namoro

Um casal de namorados brasileiros está num banco do jardim. Ela, toda meiga e carinhosa, fala no ouvido dele:

– Amor, por que você não fala alguma coisa que me deleite?

– Vaca!

Nomes

Dois amigos se encontram:

– Meu amigão, há quanto tempo! Fiquei sabendo que você se casou. É verdade?

– É sim, casei com a Fabiana, e já temos duas filhas lindíssimas, a Coristina e a Novalgina. E você, ainda está solteiro?

– Nao, casei-me no ano passado e já tenho uma filhinha pequena.

– E como ela se chama?

– Maria.

– Maria? Não gostei! Maria é nome de bolacha.

P

Perguntas

Como se chama uma mosca que consegue entrar pelo ouvido de um brasileiro e chegar até o cérebro?
Space Invader.

O que um joelho de uma brasileira diz para o outro, ao fim de um mês de férias em Portugal?
Enfim juntos.

Por que os brasileiros treinam futebol numa piscina?
Para aperfeiçoar os passes em profundidade.

Por que os brasileiros plantam alho na beira das estradas?
Porque ouviram dizer que alho faz bem para a circulação.

O que está escrito nos letreiros que estão no fundo das piscinas dos brasileiros?
Proibido fumar.

Por que os brasileiros se deitam sempre com uma serra à cabeceira?
Porque os ares da serra fazem bem à saúde.

Como se reconhece um brasileiro num aeroporto?
É o único que está a dar milho aos aviões.

Por que os brasileiros costumam dormir com o relógio embaixo da cama?
Para acordar em cima da hora.

Como os brasileiros fazem abortos?
Atiram pedras nas cegonhas.

Como os brasileiros arranjam dinheiro para comprar um aparelho de DVD?
Vendem a televisão.

Pesquisa

O presidente do Brasil mandou fazer uma pesquisa para saber o que o povo esperava da vida.

Depois de três meses, o responsável pelo trabalho foi até ele expor a situação.

– Sr. Presidente, vim informar a Vossa Excelência o resultado da pesquisa: deduzimos que a população está dividida entre os otimistas e os pessimistas. Sobre qual dos dois lados o senhor quer saber o resultado primeiro?

– Ahn, bem, acho melhor começar pelos otimistas.

– Pois então, presidente, segundo nossas pesquisas, a expectativa dos otimistas é que brevemente o povo vai ter de comer merda.

– Ei, peraí. Eu perguntei dos otimistas, e não dos pessimistas.

– É isso mesmo, senhor. Os pessimistas já acham que a merda não vai ser suficiente pra todo mundo.

S

Sequestro

Depois de ver na televisão notícias e mais notícias sobre sequestros, um brasileiro decide partir para esse tipo de crime. Após algum tempo no planejamento da ação, ele consegue sequestrar a filha de um empresário riquíssimo.

A família da menina estava nervosa, porque o bandido, usando a tática que aprendera na TV, completava dois dias sem entrar em contato. Ele liga, e pede dois milhões de dólares de resgate.

Eles concordam em pagar, mas antes pedem uma prova de que a garota está viva.

No dia seguinte, chega um envelope na residência dos familiares. Dentro, uma mão e um bilhete: "Vocês estão achando que eu estou pra brincadeira? Que eu não tenho coragem de ir às últimas conseqüências? Essa aí é a minha mão. A próxima é a da sua filha".

Socorro – I

Um elefante escapa do circo. O dono, o palhaço, o malabarista, o mágico, enfim, todos os artistas vão para as ruas tentar achar o animal. Mas ninguém consegue.

Talvez porque o bicho tivesse entrado num quintal de uma brasileira que nunca tinha visto um elefante na vida, nem sabia como era um.

Assustada, ela liga para a polícia:

– Alô, por favor, alguém me ajude. Tem um animal enorme aqui no quintal da minha casa. Pelo amor de Deus, venham logo tirar ele daqui.

A policial do outro lado da linha procura acalmar a mulher:

– Já vamos ajudá-la. A senhora pode me dizer que animal é?

– Não, não posso. Nunca vi nada parecido antes.

– Então, tente me descrever.

– Olha, é muito estranho. Ele tem duas caudas. Com uma delas ele está pegando alfaces da minha horta.

– Duas caudas? Pegando alface? E o que ele está fazendo com a alface?

– A senhora não acreditaria se eu dissesse.

Socorro – II

O terrorista sequestra o avião e com uma seringa cheia de sangue ameaça infectar com o vírus da Aids cada um dos passageiros, se suas exigências não forem atendidas.

Todos tremem de medo, mas um turista brasileiro na aeronave relembra os filmes do Chuck Norris que assistiu e decide partir para a briga.

Chute em cima, chute embaixo, e logo o bandido vai para o chão. Mas não sem antes acertar uma seringada no brasileiro.

Todos a bordo começam a agradecer a ele pelo gesto heróico. E perguntam se ele não está com medo de ter sido infectado.

– Mas que medo, que nada. Fiquem tranquilos porque estou usando camisinha.

T

Teimosia

O brasileiro entra na farmácia e pergunta ao balconista:

– Você tem farinha?

– Claro que não.

No dia seguinte, lá vem de novo o brasileiro:

– Você tem farinha?

O balconista, um pouco chateado, responde:

– Meu amigo, isto aqui é uma farmácia, a gente não tem farinha.

Mas o brasileiro volta todos os dias e sempre fazendo a mesma pergunta, deixando o balconista cada vez mais nervoso.

Até que um dia:

– Você tem farinha:

– Porra, já tô de saco cheio de falar. Aqui não tem farinha. Aqui é uma farmácia, entendeu? Como é que você pode ser tão burro? Sai daqui. Se você vier mais uma vez, eu juro que eu prego os seus pés no chão.

O brasileiro dá no pé rapidinho. Mas no dia seguinte ele está de volta. O balconista prepara os ouvidos. Mas o brasileiro muda a pergunta:

– Você tem pregos?

O balconista, aliviado, responde:

– Não. Claro que não.

Aí o brasileiro emenda:

– E farinha, você tem?

Teste

Um homem vai até uma rádio, fazer um teste para locutor.

Entra no estúdio, e quando tudo está pronto para a gravação, chega o diretor artístico:

– Teste de locução. Candidato número 1. Qual é o seu nome, por favor?

– Fefernanandodo dede Ooliiiiveveira.

– Espera aí, você está querendo tirar uma da minha cara? Você é gago e quer trabalhar de locutor? Qual é?

O candidato responde com a maior calma:

– Não, senhor, gago era o meu pai. E o escrivão do cartório onde eu fui registrado era brasileiro.

V

Viagem – I

Dois brasileiros em Roma param para admirar a beleza do Coliseu:

– Nossa! Olha só que coisa mais linda.

– É mesmo. Imagine só quanto estiver pronto.

Viagem – II

Dois brasileiros atravessam o Pantanal, andando. No meio do caminho, um jacaré ataca o que vai atrás. O da frente escuta um barulho, se vira e dá a maior bronca:

– Pô, cara, isso é hora de entrar no seu saco de dormir da Lacoste?

IMPRESSÃO E ACABAMENTO